Die Ostfront

Ein Roman aus dem Zweiten Weltkrieg

RICHARD G. HOLE

Die Ostfront
Ein Roman aus dem Zweiten Weltkrieg

Richard G. Hole

Zweiter Weltkrieg

ZUSAMMENFASSUNG

Die Russen rückten an allen Fronten vor ...

Millionen deutscher Soldaten verstanden nicht, dass diese zerlumpten und schmutzigen russischen Soldaten, die die Umgebung von Moskau auf die andere Seite der Wolga und in die Ölregionen von Baku gedrängt hatten; jene Männer, die zu Millionen flohen oder in Gefangenschaft fielen, in einem Massenbegriff, den sich kein Europäer vorstellen konnte, stürzten sich jetzt mit einer beispiellosen Macht auf die deutschen Truppen und die ihrer Verbündeten.

Die Welt erbebte im Takt der Kämpfe an der Ostfront.

Millionen von Wesen waren dort in der kolossalsten Schlacht der Geschichte verwickelt.

Deutsche Soldaten, hungrig, schlecht gekleidet, der Kälte ausgesetzt, unterernährt und munitionsarm, klammerten sich am Boden in der Hoffnung, den Feind daran zu hindern, Deutschland zu betreten.

Die Ostfront ist eine Geschichte aus der Sammlung des Zweiten Weltkriegs, einer Reihe von Kriegsromanen, die im Zweiten Weltkrieg entwickelt wurden.

DIE OSTFRONT

VORWORT

Etwas weiter nördlich der kürzlich eroberten Viadsma machte sich Kapitän Traubers Kompanie langsam auf den Weg in die kleine Stadt Tepluja.

Die ganze Nacht hindurch, durch das unaufhörliche Licht der Fackeln und die purpurroten Blitze der Schüsse gefälscht, schlugen die Männer ihre Positionen auf dem Schnee ein, der vom folgenden Regen beschmutzt war und durch die Müdigkeit der durchgeführten Operationen zerstört wurde. aus und begierig darauf, ein wenig innezuhalten, um zumindest überprüfen zu können, ob sie existieren.

Denn in Wirklichkeit war ihr Horizont, seit sie aus einer brennenden Viadsma auftauchten, mit den einsamen, von elektrischen Leitungen durchzogenen Straßen voller heteroklitischer Gegenstände und dem Gestank toter Pferde, zu einer Linie geworden, die von ihrer Augen kreuzte es das Visier ihrer Waffen und endete dort unten, in dem wirren Panorama, in dem sich die Silhouetten der russischen Soldaten wie schnelle Schatten bewegten.

Außerhalb dieser Schusslinie hatte sich nichts, nicht einmal der Körper selbst, so manifestiert, dass er an seine Existenz glaubte. Die Muskeln steif von der Kälte und der Organismus taub von Hunger und Müdigkeit, das einzige, was in ihnen spürbar war, war der Wunsch, sich vorwärts zu bewegen, der sich im Blick auf den Standpunkt konzentrierte.

Hinter ihnen ließ die Artillerie einen ständigen Donnerschlag ertönen und belebte die Luft über ihren Rümpfen in einem Kommen und Gehen von Zischen, das wie schnelle unsichtbare Vögel heulte, bis sie zu Blitzen über den feindlichen Linien wurden.

Die Russen, die hinter sich ein Rückzugsvakuum geschaffen hatten, leisteten nun beharrlichen Widerstand, als sich deutsche Waffen Moskau näherten. Die Geschwindigkeit, die bis dahin einen mechanischen Krieg ermöglicht hatte, in dem die gepanzerten Fahrzeuge den besten Trick spielten, wurde mit der Ankunft des Schnees zu einem rauen Kampf von Menschen, die litten und starben, um einen einzigen Schritt auf der harten Erde voranzukommen.

Nah am Boden wie seine Männer wartete Karl Trauber, umgeben von einigen Unteroffizieren, die als Stab dienten, ängstlich auf die Ankunft der Morgendämmerung, um endlich über die zerstörten Hütten zu springen, die im fahlen Licht der Explosionen sichtbar waren.

Der Kapitän war sich des Zustands seiner Jungs bewusst und wollte ihnen eine noch so kurze Pause gönnen, um in ihren schmutzigen und bärtigen Gesichtern wieder das Lächeln zu sehen, in dem jeder Anführer deutlich einen Siegesgeist liest.

Die Erde schien in einem furchtbaren Kochen zu kochen, das in einer Reihe von Krämpfen seine Eingeweide erreichte, als ob die arme Erde ernsthaft krank wäre, und ihren Schmerz in jenen Schaudern manifestierte, die direkt auf die Körper der Menschen übergingen, die von ihr verzweifelt umarmt wurden.

„Unternehmen Trauber?

"Jawohl.

„Bring mir den Kapitän.

"Jetzt sofort.

"Sag mir?

„Das ist Commander Strauffer. Wie geht das, Karl?

„Wie immer, Herr. Wir warten immer noch auf die Morgendämmerung, um den Angriff zu beginnen.

„Irgendeine Vorstellung von den feindlichen Streitkräften vor Ihnen?

„Keine, mein Kommandant.

„Schon gut. Seien Sie jedoch sehr vorsichtig, wenn Sie Tepluja betreten. Es scheint, dass die Männer von Semurow in dieser Umgebung campen.

„Der Partisan?

"Ja. Seien Sie sehr vorsichtig, Trauber. Lassen Sie keinen Jungen von seiner Einheit trennen. Er wird sich daran erinnern, wie Helden in die Hände dieses Banditen geraten."

„Ich werde das im Hinterkopf behalten, Sir. Folgt die gleiche Zeit für die Einleitung des Artilleriefeuers?

»Genau um sechs Uhr zweiundfünfzig. Um sieben Uhr machen wir die Aufnahme auf die Straße und die Brücke hinter der Stadt. Es wird Zeit, einzuspringen, Trauber.

„Sonst noch etwas, mein Kommandant?

„Nichts, Junge. „Gute Chance!", wie die Engländer sagen.

„Vielen Dank, mein Kommandant. Zu Ihren Diensten.

Wie immer hatte sich in den letzten Stunden der Nacht Stille über die Front ausgebreitet wie ein Omen, das den Sturm ankündigte, der in wenigen Stunden ausbrechen würde. Aber die Ruhe des kleinen Universums, das sie umgab, war voller Gefahren, denn jeder wusste, dass diese ungeheuren Stunden des Wartens oft für Schlaganfälle genutzt wurden.

... "Es scheint, dass die Männer von Semurow in dieser Umgebung campen. Seien Sie sehr vorsichtig, Trauber. Sie werden sich erinnern, wie Helden in die Hände dieses Banditen geraten ..."

Strauffers Worte klangen Karl wie besessen in den Ohren. Diese Worte hatten ihn zu seinem Bedauern erschaudern lassen, denn sie enthielten ein kürzliches Erlebnis, tausend Kilometer dahinter, nahe der polnischen Grenze, in einem Wald, dessen einzige Erinnerung fähig war, jedem Mann in der Kompanie die Haare zu sträuben . er konnte auf wundersame Weise als Überlebender gezählt werden.

SEMURAU!

Eine Art Tiger, der als Mann verkleidet ist. So hatte ihn der General genannt, als er von jenem schrecklichen Angriff berichtete, bei dem die Männer, die es wagten, sich von seiner Einheit zu trennen, am nächsten Tag in Büscheln von den Bäumen des Waldes hängend erschienen.

Das Unmögliche war getan worden, um diese Tierart zu fangen, die eine Spur von Tod und Verwüstung hinterließ, wie nie zuvor die bewaffnete Einheit sie hinterlassen hatte ... Aber alle Bemühungen waren vergeblich; Semurow löste sich in der Luft auf wie der schmutzige Nebel, der der russischen Morgendämmerung vorausging.

Trauber musste seinen Männern mitteilen, dass Semurow herumschlich. Aber tief in seinem Herzen fühlte sich der Kapitän verpflichtet, diese schlechte Nachricht zu überbringen. Und es lag nicht an mangelndem Vertrauen in die Jungen, sondern daran, dass die Nachricht, so müde sie auch waren und bereit waren, sich im Morgengrauen gegen die feindlichen Stellungen zu stürzen, die Veteranen nicht aufhörte, sie zu beunruhigen und vielleicht übermäßig zu beunruhigen. , für diejenigen, die ihre Gefährten nicht von den Bäumen hängen gesehen hatten.

„- Otto!

Die Bindung eilte an die Seite seines Vorgesetzten.

"Mein Kapitän?

„Informieren Sie alle Offiziere, dass das Bataillon erfahren hat, dass Semurow in der Nähe ist. Lassen Sie die Sektionskommandanten es ihren Weibchen bringen. Der Slogan lautet: Kein Mann sollte aus irgendeinem Grund seinen Kontakt mit der Einheit aufgeben, zu der er gehört. Dass die Zugführer ihre Jungen während des Angriffs nicht aus den Augen verlieren. Verstanden?

"Jawohl.

Die Nachricht wurde bereits veröffentlicht!

Karl versuchte sich vorzustellen, was jedem seiner Männer durch den Kopf gehen würde. Er war sich absolut sicher, dass die Veteranen die Zähne zusammenbeißen würden, in der Hoffnung, Semurow auf der anderen Seite ihrer scharfen Bajonette zu sehen. Was die "Neulinge" angeht ... Wer könnte in die Gedanken von Männern eintauchen, die sich nicht kennen?

Langsam lösten sich die Schatten der Nacht auf; als ob Schwärze ein lebender Körper wäre, der von der Lichtmotte gefräßig gefressen wird. Die Umrisse der Dinge wurden klar, zunächst verschwommen, dann tauchten die Details aus der Dunkelheit auf, die ihnen bis dahin verborgen war.

Fünf Kilometer hinter der Kompanie wurde die Stille von Artilleriefeuer zerrissen. Wolken von Projektilen, in dichten Schwärmen, begannen den Raum zu durchqueren, um in der Stadt ihre wütenden Fans des Todes zu öffnen ...

Den Blick auf das Leuchtzifferblatt seiner Uhr gerichtet, folgte Trauber schrittweise der Bewegung des Sekundenzeigers. So dauerte die Zeit, die die Artillerievorbereitung dauerte, für den Kapitän ein Jahrhundert. Schließlich, da er seine Nerven nicht mehr unter Kontrolle hatte, zog er seine Signalpistole und feuerte das rote Angriffslicht ab.

Als die Explosionen der Artilleriegranaten in den Hintergrund traten, füllte das Feuer der Infanteriewaffen den grauen Raum zwischen den beiden Linien.

Karl, gefolgt von den Männern, die seinen Piana Mayor bildeten, überquerte schnell die Distanz, die ihn von der Vorhut trennte, und positionierte sich hinter dem Dritten Abschnitt, der entlang der Angriffsachse vorrückte.

Einer nach dem anderen, sich gegenseitig schützend, schlossen die Züge die Distanz, die sie vom Feind trennte. Im Moment hatten die automatischen Waffen das Sagen. Doch von Zeit zu Zeit zerriss die trockene Explosion eines Mörsers die Monotonie des Maschinengewehrfeuers.

Die Deutschen hielten während ihres Vorrückens eine totale Verbindung und führten weiterhin einen Kreuzfeuerplan aus, jedes Mal, wenn eine kleine Einheit in der Vorhut stand. So gelangten sie etappenweise in die Nähe der ersten Häuser, die seit dem Beschuss durch deutsche Kanonen weiter brannten.

Bis zu diesem Moment war alles auf einen Nahkampf zwischen dem phantastischen Labyrinth feindlicher Projektile reduziert, die unsichtbare Todesnetzwerke webten. Nun begann der eigentliche Kampf, dessen Hauptprogramm darin bestand, den Feind von jedem Widerstandsposten zu vertreiben, den er zu erhalten beabsichtigt hatte.

Die Dritte Sektion schickte ihr erstes Bataillon gegen das nächste Haus. Am Boden klebend, begannen die Männer mit den Ellbogen in die brennenden Ruinen vor ihnen zu rutschen. Währenddessen bedeckten die Maschinengewehre sie mit einem dichten Feuer, das, wenn sie mit den brennenden Strahlen kollidierten, eine sehr schnelle Konstellation von Funken erzeugte.

Nachdem zwei seiner Männer an den Flanken vorrückten, um zu verhindern, dass sich der Feind ohne Verluste zurückzog, begann Sergeant Kopler den Angriff auf das Haus und warf zuvor einige Granaten durch die beleuchteten Löcher, die die Artillerie geöffnet hatte.

Das zerfallende Gebäude schien brutal erschrocken zu sein, und einige seiner bereits halb eingestürzten Wände fielen in gewaltigen Staub. Kopler und seine Jungs warteten nicht länger. Mit gezogenen Bajonetten, einer Maschinenpistole in der Hand oder einer ungesicherten Granate stürmten sie brutal in die Ruinen und eröffneten nach rechts und links das Feuer.

Aber, wie sie schon dachten, fanden sie trotz allem die adäquate Antwort auf ihre "Andeutungen". Die Russen, die sich im stärksten Teil des Hauses versteckten, stürzten sich wie Wölfe gegen die Angreifer.

Und wie immer musste der Sieg neben den mächtigen und modernen Waffen, mit denen sich Armeen rühmen, dem Element, dem entscheidenden Faktor im Krieg, errungen werden: dem Menschen.

Der Nahkampf begann im Inneren des Hauses unter dem blutigen Schein des Feuers. Einer der deutschen Soldaten hat seinen endgültigen Sieg mit seinem Leben bezahlt. Sekunden später hatten die drei Russen, die die Ruinen besetzten, aufgehört zu existieren.

Nachdem er den anfänglichen Widerstand überwunden hatte, befahl Trauber den allgemeinen Vormarsch und breitete den Kampf Haus für Haus in der ganzen Stadt aus. Die Straßen schienen vor den Deutschen völlig menschenleer und im Schatten jedes Gebäudes schien es Fallen, Verrat und Hass zu geben, Hand in Hand mit dem Tod.

Zwei Stunden und zwölf Mann kosteten der Kompanie die absolute Kontrolle über die Stadt. Langsam trotteten, zerschmettert vor Erschöpfung, die Gesichter und Hände vom Pulverrauch geschwärzt und die Uniformen zerrissen, versammelten sich die Deutschen in der Mitte des Rests von Tepluja. Die erste Sektion, die keine Verluste erlitten hatte, war für den Aufbau einer provisorischen Verteidigungslinie am Nordrand der Stadt verantwortlich. Der Rest bildete sich im Auftrag von Karl zwischen den Ruinen.

Dann, während der Zählung, wurde allen klar, dass ein Zug der Vierten mit ihrem Sergeant verschwunden war ...

Niemand musste den Mund aufmachen, um eine Erklärung zu versuchen. In allen Köpfen war gerade ein einziges Wort aufgetaucht, wie ein brutaler Blitz, um Ideen zu verdeutlichen.

SEMURAU!

Trauber ballte die Fäuste. Er war sich sicher, dass er in der Stadt nicht die geringste Spur von seinen Männern finden würde. Nachdem er den drei Sektionen befohlen hatte, eine wohlverdiente Pause zu machen und eine heiße Ranch vorzubereiten, ging er, gefolgt von seinem stellvertretenden Sergeant Kramer, an die Front.

Schon lange vor seiner Ankunft wurde er von einem Link angesprochen, der ihm entgegenlief.

"Kapitän!

"Was ist los?

Der Mann senkte die Augen. Die Emotion war in seinem Gesicht deutlich.

„Sie sind da vorne! War die lakonische Antwort.

Karl fragte ihn nicht mehr. So dass? Er ging weiter, bis er die Stelle erreichte, an der die Sektion installiert worden war. Sein Chef, Leutnant Lukas, suchte ihn.

Aber Trauber sah ihn nicht einmal an. Seine Augen über den Schultern des Offiziers waren auf die makabre Szene gerichtet, die als Horizont für die Erste ...

Alió unten, weniger als hundert Meter von der neuen Schusslinie entfernt, hob sich von der Eintönigkeit der Ebene ab, zwei Bäume und eine "Isba". Dieser konnte niemanden auffallen, da er nichts weiter als ein Haufen getrockneter Dung war. Die Bäume ...

Da waren die Männer des vermissten Trupps. Sie hingen an den Zweigen wie gruselige Früchte, die die menschliche Bosheit aus den bloßen Armen des Baumes hervorgebracht hatte. Es war nicht nötig, sie zu zählen; Schon an ihrem Aussehen, trotz ihrer Distanz, konnte Trauber sie dennoch erkennen, die schreckliche Ähnlichkeit, die ihnen der schreckliche Tod gegeben hatte.

Diese Szene trug eine unverkennbare, unzweifelhafte Handschrift; so wahr, als ob der Autor da wäre und seinen Namen schreien würde: SEMUROW!

Lukas betrachtete mit seinen Zwillingen den makabren Ort.

„Ich habe es nicht gewagt, auf sie zuzugehen, sie zu begraben, weil ich sicher bin, dass es jemanden in der „isba" gibt.

Karl wiederum richtete sein Fernglas auf die schäbige Konstruktion. Eindringlich besichtigte er am kreisförmigen Horizont der Optik jedes Detail der "isba". Alles schien still, verlassen, definitiv tot wie die Männer, die an den Bäumen hingen. Die Nähe der Hingerichteten gab der "Isba" ein intimes Gefühl der Tragödie

Jedoch...

Trouber gelangte, ohne genau zu wissen, warum, zum gleichen Schluss wie der Leiter der Ersten Sektion. Etwas Intimes, das ihm als Warnung aus seinem Unterbewusstsein kam, warnte ihn vor dieser lächerlichen, scheinbar stillen Hütte.

Bei dem Gedanken, dass Semurow drinnen war, knirschten seine Zähne laut, als seine Kiefer sich zusammenpressten. Dann, ohne die 'Isba' zu beobachten und damit ohne sich umzudrehen.

„Lass mir vier Männer, Lukas!

Der Leutnant sah seinen Vorgesetzten erstaunt an. Er hatte seine Worte perfekt verstanden und konnte dennoch nicht glauben, was er gerade gehört hatte.

„Aber, Sir...", wagte er zu protestieren.

„Ich habe Ihnen, Leutnant Lukas, befohlen, vier Mann vorzubereiten. Ich werde mit ihnen gehen, um zu sehen, was in dieser "Isba" passiert. Ich glaube nicht, dass Semurow dort auf uns wartet; aber wenn es so wäre, würde ich diese Gelegenheit um nichts mehr verpassen ... "er hielt inne, als er die Manschettenknöpfe in ihre Scheide steckte." Außerdem musst du diese Typen abholen.

Lukas traute sich nicht mehr zu sagen. Minuten später kehrte er mit den vier angeforderten Männern zum Kapitän zurück.

Trauber warf den Soldaten einen mitfühlenden Blick zu. Dann das Gesicht wieder verdunkeln.

„Geh! Er befahl, vorzurücken.

Als er die Frontlinie überquerte, die vor einer Stunde nur eine Gruppe von Löchern war, die mit Schaufelkraft gebohrt wurden, bedeutete Karl den Männern, die ihm folgten, sich zu beugen. Dann fing er an, im Zickzack auf die "Isba" zu rennen.

Der gesamte Erste Abschnitt war auf den Geschützen. Die Männer waren bereit, das Leben ihres Kapitäns auf irgendeine Weise zu verteidigen. Jeder von ihnen hätte sich aufrichtig gewünscht, an Karls Stelle zu sein, um nicht unter dieser furchtbaren Nervosität zu leiden. Von Kriegsbeginn an, in den Ebenen Polens, im Blitzkrieg des Westens hatten Traubers Männer viel über diesen Hauptmann gelernt; genug, um ihn mit einer wunderbaren Intensität und Kameradschaft zu lieben.

Trauber rückte vor, ohne den Blick von der schweigenden Isba abzuwenden. Er wünschte sich nicht ihre schnelle Zerstörung, die er durch die Entsendung des Flammenwerfer-Trupps erreicht hätte, denn wie eine seltsame und paradoxe Intuition war er sich sicher, dass jemand drinnen war.

Ein verwundeter Soldat oder jemand, der nicht rechtzeitig entkommen war. Der Gedanke, dass Semurow selbst schwer verletzt dort war, ging ihm nicht mehr aus dem Kopf.

Auf seine Geste hin gingen zwei der Männer, die wie er marschierten, gebückt und kampfbereit auf die unsichtbare Seite der "Isba" über. Trauber wollte auf keinen Fall, dass seine Beute im letzten Moment entkommt.

Dann gab er einen weiteren Beweis seiner Rücksichtslosigkeit und als niemand dies von ihm erwartete, stürmte er in das Innere der Hütte, bevor seine Soldaten ihn daran hindern konnten.

Durch ein kleines Loch an einem Ende des konkaven Reetdachs drang Licht ins Innere. Karl, schussbereit, warf einen kurzen Blick hinein.

Was er sah, war für niemanden eine Gefahr.

Er wich zurück, streckte seinen linken Arm aus und bedeutete seinen Männern, einzutreten. Dann ging er wieder auf die beiden menschlichen Gestalten zu, die in der Ecke der Hütte standen.

Von dem Moment an, als er die "Isba" betrat, hatte ihm das Schluchzen des Mädchens eine klare Vorstellung davon gegeben, was dort passiert war. Es muss die Frau oder Schwester des neben ihr liegenden Mannes sein.

Als die sonnigen drinnen waren, näherte sich der Kapitän dem Russen.

"Aufstehen!

Sie drehte ihr Gesicht, durchzogen von den Tränen, die früher reichlich aus ihren blauen Augen flossen. Zwei blonde Zöpfe, die mit zwei schmutzigen Schleifen zusammengebunden waren, teilten einen schönen seidigen Haarschopf.

Er stand unbeholfen auf und ließ den Mann am Boden immer noch aus den Augen. Karl wiederum beugte sich vor und beleuchtete mit der Taschenlampe, da diese Ecke fast ganz dunkel war, das Gesicht des Russen.

War tot. Ein Loch in der Stirn zeigte an, wo die Kugel eingedrungen war. Dieser Mann war alt und wie die Bauern gekleidet, also kein Kämpfer der sowjetischen Streitkräfte.

„Wer ist dieser Mann?" fragte er und wandte sich an den Russen.

Sie starrte dem Deutschen in die Augen. Letzterer glaubte durch die Tränen, die weiterhin sanft flossen und auf das Gesicht des Mädchens fielen, einen Schmerz zu lesen, der mit keinem Wort zu erklären war.

"Nitchevo! Sie antwortete.

„Du verstehst kein Deutsch?" fragte Trauber noch einmal und drückte sich in dem wenigen Russisch aus, das er kannte.

„Nitchevo!" antwortete das Mädchen wieder.

Karl begann zu verstehen, dass der nervöse "Schock" die Fähigkeiten des Russen verändert haben musste. Denn auf jede gestellte Frage antwortete sie ausnahmslos mit dem negativsten Wort in ihrer Sprache.

»Bring sie ins Dorf«, befahl Trauber. Und als ich sah, dass einer der Soldaten blieb. „Warte draußen auf mich! Ich komme gleich.

Es gab keinen Grund, das zu tun, was er tun sollte. Aber diese seltene Intuition des Anfangs lastete immer noch schwer auf seiner Seele. Nachdem der Soldat dem Ausreisebefehl gehorcht hatte, kniete Trauber neben dem toten Alten nieder und begann ihn nervös zu durchsuchen. Nach ein paar Sekunden fand er die abgenutzte und schmutzige Brieftasche des Mannes. Mit der Taschenlampe untersuchte er die Dokumente und seine Augen leuchteten hell, als er erkannte, dass ihn seine Intuition nicht getäuscht hatte.

Hastig steckte er die Brieftasche in eine seiner Taschen und fuhr fort, die Leiche zu durchsuchen und fand nichts als eine Kette, die an seinem Hals hing. Behutsam entpackte er ihn und verstaute ihn ebenfalls mit den Dokumenten.

Draußen ging er zu dem Soldaten, der auf ihn wartete.

„Gib mir dein Gewehr und trage die Leiche dieses Mannes. Wir werden ihn auf dem Dorffriedhof begraben.

* * *

Eine Woche, kurz wie alle angenehmen Dinge, in der die Zeit schneller zu vergehen scheint, das Vergnügen grausam verkürzt, verging und verging. Der Befehl, den Vormarsch fortzusetzen, war bereits eingetroffen, und die Männer begannen mit mürrischen Gesichtern die Vorbereitungen, fluchend, dass diese wunderbare Ruhe so bald enden würde.

Aber es war nicht die ganze Freude von Tepluja im Rest, der heißen Ranch, den stillen Wachen und den Kartenspielen, die ihnen ein freudiges Wohlbefinden beschert hatten.

Es gab auch "Miss Nitchevo".

So nannten sie sie alle, denn niemand hatte es geschafft, sie dazu zu bringen, ein weiteres Wort zu sagen.

Da die alte Russin mit einer gewissen Feierlichkeit auf dem Dorffriedhof vor ihr beigesetzt wurde, hatte sich die junge Frau, ohne ein weiteres Wort zu sagen, als das einzige, das sie zu kennen schien, so verhalten, wie ein Mann der Kompanie sprach nicht. empfand keine außergewöhnliche Zuneigung zu dieser Kreatur.

Ohne ein einziges Wort zu sagen, aber mit einem charmanten Lächeln, das ihr Gesicht voll erhellte, in dem im Allgemeinen Traurigkeit herrschte, wurde "Miss Nitchevo" die Schwester aller Männer der Gesellschaft.

Die Kratzer auf den gebrauchten Uniformen begannen wie von Zauberhand zu verschwinden, während durch ein ähnliches Verfahren die längst aufgegebenen Knöpfe und die hässlichen Drahtstücke, die die wenigen übriggebliebenen hielten, an Ort und Stelle waren. .

Tag und Nacht, unermüdlich zu allen Stunden, wusch, nähte, arrangierte "Nitchevo" tausend verschiedene Dinge und fand immer noch Zeit, einen technischen Blick in die Küche zu werfen, wo seine stillen Ratschläge mit ungewöhnlicher Aufmerksamkeit gehört wurden.

Traubers Soldaten überschütteten sie mit Geschenken. Alle Objekte, die mit der Absicht gekauft wurden, den Weg in die ferne Heimat zu nehmen, wurden mit einer einfach emotionalen Einfachheit und Aufrichtigkeit an "Nitchevo", die Schwester des Unternehmens, geliefert.

Die beiden Uniformen des Hauptmanns Trauber glänzten mit einer Sauberkeit, die kein Soldat je gekannt hatte. Und die junge Frau besuchte in den seltenen Momenten der Ruhe, die sie sich erlaubte, den Kapitän, saß neben ihm und betrachtete ihn lange Zeit.

Karl zweifelte nicht daran, dass die Erregung, den Tod des alten Mannes miterlebt zu haben, das Mädchen sprachlos gemacht hatte, und sie konnte nicht mehr sagen als das Wort, mit dem sie getauft worden war.

Leider schlug die Stunde des Marsches und die Kompanie bereitete sich darauf vor, in Richtung der eisigen Straße weiterzugehen, die nach Moskau führte.

Trauber hatte sich ein besonderes Dokument besorgt, einen vom General des Sektors unterzeichneten "ausweis", damit auf keinen Fall "Nitchevo" gestört würde. Außerdem gelang es ihm, sie im besten Haus in Tepluja unterzubringen und empfahl ihre Fürsorge den Besatzern, die die Stadt übernahmen.

Später, zum Zeitpunkt des Marsches und als die junge Frau mit der gleichen Intensität wie an jenem Tag der "Isba" weinte, strich Karl ihr übers Haar.

„Wir sind bald wieder da", Nitchevo, mach dir keine Sorgen, pass auf dich auf... und" er erinnerte sich an die Kette, die er dem alten Mann abgenommen und getrocknet hatte, und reichte sie dem Mädchen. „Nimm das, es gehört dir.

Sie hob den Blick zu ihm und sah ihn mit einer Intensität an, die er noch nie zuvor verwendet hatte. Dann, auf Zehenspitzen stehend, bot sie ihre frischen Lippen in einer einfachen und bewegenden Geste an, in der alle ihre Wünsche zusammengefasst wurden ...

KAPITEL EINS

"IVAN" REAKTIERT

Glück änderte seinen Kurs ...

In all den Jahren des Leidens, des Schmerzes, in denen die Soldaten wie menschliche Landmarken, wie Spuren einer ruhmreichen Vergangenheit auf dem Schnee lagen, hatte das Glück seinen Lauf geändert.

Es schien, als ob das grausame Schicksal erfreut wäre, die Hoffnungen des Westens zu zerstören und denen den Sieg zu bescheren, die Jahrhunderte zuvor auf kleinen tatarischen Pferden Europa und seine Zivilisation gefährdeten.

Die Russen rückten an allen Fronten vor ...

Für Männer wie Trauber gingen Ereignisse über den Bereich ihrer individuellen Vorstellung hinaus. Und wie er haben Millionen deutscher Soldaten nicht verstanden, dass diese zerlumpten und schmutzigen Soldaten, die die Umgebung von Moskau auf die andere Seite der Wolga und in die Ölgebiete von Baku gedrängt hatten; jene Männer, die zu Millionen flohen oder in Gefangenschaft fielen, in einem Massenbegriff, den sich kein Europäer vorstellen konnte, stürzten sich jetzt mit einer beispiellosen Macht auf die deutschen Truppen und die ihrer Verbündeten.

Alles, was so viel Blut gekostet hatte, Schritt für Schritt zu erobern, "Isba" für "Isba", hinterließ in jedem Kampf eine wachsende Zahl von Leben in diesem russischen Land mit dem Weiß eines Leichentuchs, in dem die deutschen Gräber lagen verdunkelt. , war er nun in den Flammen einer Technik ausgesetzt, die ausschließlich dem Feind gehört hatte.

Die verbrannte Erde!

Niemals logischer könnte diese Ansammlung gewaltiger Brände, die die kürzlich von der deutschen Wehrmacht verlassenen Orte markierten, jetzt "Schusslinien" genannt werden. Ein totaler Krieg, gewaltig wie ein posthumer Akt von etwas Kolossalem, das sich bereits auf den Tod vorbereitete.

Was blieb von der Firma Trauber übrig?

Sehr kleines Ding! Über die ganze Länge und Breite dieser riesigen sowjetischen Welt lagen Karls Männer unter der kalten Erdoberfläche, sein letzter Traum in einem fernen Land, anders als alles, was sie je gekannt hatten, seltsam und gewaltig wie seine Dimensionen ...

Das Wort "Abstieg" schien aus dem damaligen Kriegswörterbuch endgültig gestrichen worden zu sein. Immer rückwärts! Zurückgekehrt, um die gleichen Städte zu sehen, die gleichen Städte, die vor Jahren besetzt und erobert worden waren, mit einem Lächeln auf den Lippen.

Die Welt erbebte im Takt der Kämpfe an der Ostfront. Millionen von Wesen waren dort in der kolossalsten Schlacht der Geschichte verwickelt. Hungrig, schlecht gekleidet, der Kälte ausgesetzt, unterernährt und munitionsarm klammerten sie sich an den Boden in der Hoffnung, den Feind daran zu hindern, Deutschland zu betreten.

Für Trauber war die ständige Niederlage, die die Russen den deutschen Waffen zufügten, wie für alle Kämpfer der verräterische Dolch einer Katastrophe, die sie nach den zyklopischen Bemühungen sicher nicht verdienten.

Die Fahrt durch Tepluja hatte für alle Jungen einen besonderen Ton der Traurigkeit. Die Erinnerungen waren noch in ihren Seelen lebendig und ihre Augen suchten ängstlich zwischen den geschwärzten Ruinen der Häuser das tröstliche Bild von "Nitchevo".

Was wäre aus ihr geworden?

Niemand war da, um die Fragen zu beantworten, die diesen Soldaten auf den Lippen brannten. Die Einsamkeit, die dem Tod vorausgeht, verfolgte die schmutzigen Straßen von Tepluja wie ein hasserfüllter

Geist, der sich tausendmal wiederholte, jedes Mal, wenn sie eine Stadt verlassen wollten.

In den wenigen Stunden, die sie dort blieben, ging Karl hundertmal hintereinander durch die Straßen von Tepluja und blieb hundertmal vor den Ruinen des Hauses stehen, in dem er "Nitchevo" verlassen hatte. Dann war er, von einer Übermacht getrieben, auf dem Friedhof neben dem Grab des alten Mannes, auf dem einige getrocknete Blumen an den letzten Besuch des Mädchens erinnerten.

TEPLUJA!

Wie schnell ist das alles passiert! Der Feind drängte noch einmal wütend und Trauber sah mit den wenigen Männern, die ihm noch übrig waren, wieder die Bitterkeit, diesmal etwas intensiver, die verstümmelten Überreste einer Stadt am Horizont verschwinden zu sehen, wo, das war nicht zu leugnen, er hatte ein Glück gespürt, das er nie genossen hatte.

* * *

Die polnischen Wälder waren erfolgreich oder die russischen Ebenen. Für den Sektor, in dem Traubers Kompanie tätig war, war das Sowjetland mit seinen Gräbern und reichlich mit deutschem Blut begossen für immer verschwunden. All dies schien ein Boden zu sein, der in dem Teil des Geistes ruhte, in dem sich die Erinnerungen zusammendrängen und sich in der Versenkung des Vergessens zusammenrollen.

Es ging nicht mehr nur darum, den Schwung der Sowjetarmee aufzufrischen. Zu versuchen, diese riesige Lawine von Männern zu stoppen, die wie eine gewaltige Lawine auf die deutschen Stellungen geworfen wurde.

Der Krieg war verloren...

Die Generalstäbe hatten nur eine Besessenheit: Stützen zu finden, die stark genug waren, um den Vormarsch des Feindes, wenn nicht sogar aufzuhalten, so doch zu teilen, wodurch Macht und Durchschlagskraft abgezogen wurden.

Dies geschah für die Firma Trauber in jenem polnischen Außenposten, der den Namen FORTIN OF DESPERATION erhielt.

Der Befehl kam zu ihnen, als sie sich durch den Süden der Region Warschau zurückzogen. Ein staubiger Motorradfahrer, der auf dem Schlamm vom letzten Regen gelandet war und dieser auf dem Staub vom vorigen Sommer; kurzum, ein schmutziger Verbindungsmann wie alle, die an der riesigen Front zirkulieren, stieß auf die Kompanie, nachdem er zwei Tage lang nutzlos den gesamten Sektor danach abgesucht hatte.

Das Dokument wurde vom Generalstab des Generals Guderian unterzeichnet und hatte absoluten Vorrang vor allen anderen, da es vom Höheren Hauptquartier des Heeres ausging.

"Vom Generalstab zur Division 347.

(Für seinen Übergang an den Firmenchef Karl Trauber.)

Absolute Priorität.

Sehr geheim und wichtig.

Nach sofortigem Erhalt dieser Anweisungen werden Sie unverzüglich die Schlossfestung Lotzzy besetzen. Sobald diese Operation durchgeführt wurde, übernimmt er die seiner übergeordneten Einheit entsprechende Rolle, mit der er definitiv den Kontakt verliert, da sie in einen anderen Sektor geht.

Von dem Moment an, in dem Ihre Einheit Lotzzys Festungsburg besetzt, sind Sie dem Heimatland für seine Verteidigung "a outrance" verantwortlich. In keiner Weise und ungeachtet des Status, der Anzahl und der Umstände Ihrer Einheit werden Sie aus dieser Schlüsselposition hervorgehen, die "bis zum Tod" verteidigt werden muss.

Dieser Generalstab erwartet den bewährten Heldenmut seiner Einheit, das für die ehrenhafte Verteidigung des deutschen Territoriums notwendige Opfer.

Generaloberst der Armeen
des Dritten Reiches.
(Unlesbar.)

"Hi Hitler."

Die strategischen und taktischen Überlegungen von Lotzzys Festungsburg wurden im Folgenden erläutert. Zum größten Teil von unpassierbaren Sümpfen umgeben, war es auf zweihundert Kilometern der einzige Punkt, durch den der Feind die Linie überschreiten konnte. Wenn sie diesen Teil nicht durchquerten, müssten die Russen durch jeden Teil hundert Kilometer zurücklegen, um in den unteren Teil Polens einzudringen.

Das Fort Lotzzy rettete eine beträchtliche Menge Truppen, die zu anderen präziseren Pressen geschickt werden konnten.

Trauber startete seine Einheit und in der Abenddämmerung, immer in westlicher Richtung, den traurigen und ununterbrochenen Rückzugsweg.

Die kleine Garnison von Hilfstruppen, die das Fort besetzten, empfing herzlich Traubers Kompanie. Zu warm für Traubers Meinung.

Zu dieser Zeit begann man schon zu viele Dinge zu sagen, die vor Monaten niemand gewagt hätte, nicht nur zu sagen, sondern fast zu denken. Das war sicherlich das Schmerzlichste für Männer wie Karl, in deren Kopf die schmerzhafte Vorstellung einer totalen Niederlage nicht hineinkommen konnte.

Und es war in der Tat sehr schwierig, diesen totalen Zusammenbruch als unwiederbringlich hinzunehmen, nachdem er Teil des imposanten Hammermastes war, der die Armee zu Beginn des Feldzugs und in ganz Europa bildete.

In den Herzen vieler Deutscher lag in diesen bitteren Stunden eine Hoffnung, die so stark war wie der Impuls, der sie mit einem triumphierenden Lächeln auf den Lippen in alle Schlachten Europas getragen hatte. Jeden Morgen, jedes Mal, wenn der Himmel die

Anwesenheit der immer weniger zahlreichen befreundeten Flieger ankündigte, blickten die guten Deutschen hoffnungsvoll auf und hofften, einige der wunderbaren "Geheimwaffen" zu sehen, die ihnen Hitler versprochen hatte.

Aus diesem Grunde, als Karl die wahnsinnige Freude erkannte, mit der er als Erleichterung in dieser Festung aufgenommen wurde, die noch nicht die Verwüstungen des Krieges erlitten hatte, die Bitterkeit, wenn er die Existenz der Feigheit in einer Uniform bestätigte, in der er es tat Sie konnte ihr nicht trauen, er fühlte ein schmerzliches Gefühl von Schmerz in seiner Seele.

Er hinderte seine Männer daran, mit denen zu sprechen, die gingen, und befahl ihrem Häuptling, das Fort sofort zu verlassen. Dann, als er sich mit seinen Gedanken allein in seinem Zimmer wiederfand, widmete er sich lieber intensiv der Arbeit, um die Erinnerung an die schmerzlichen Worte, die er soeben gehört hatte, zu vernichten.

Die Burgfestung von Lotzzy war eine alte Festung, die die Polen zuerst und dann die deutschen Ingenieure in eine Bastion verwandelt hatten, die stark genug war, um mit Leichtigkeit verteidigt zu werden.

Auf der Ostseite versank das Fort stofflich im Fluss und auf beiden Seiten, im Norden und im Süden, wurde es vollständig von den Sümpfen umschlossen, so dass es eine Art Halbinsel bildete, deren Landenge von einem schmalen Pfad gebildet wurde, der aus dem hinten und nach Westen zeigend.

In Friedenszeiten hatte die Festung eine schöne Brücke, die sie im Osten mit der anderen Flussseite verband und einen Umweg von etwa 150 Kilometern vermeidete. Aber seit dem Einmarsch der Deutschen in Polen war die Brücke komplett gesprengt worden, ersetzt durch einen der Umstände, die wiederum Tage vor Traubers Ankunft in Lotzzy gesprengt worden waren.

Seine Kompanie hatte pneumatische Boote benutzt, um die unsichtbare Linie, die beide Ufer verband, zu überqueren, da sich rechts und links, hundert Meter flussabwärts und flussaufwärts, das Wasser mit dem Treibsand des Sumpfes vermischte und Wege unpassierbar machte. Zonen mit allen Navigationsmitteln.

Als die Bewohner des Forts wegzogen, war das weite Gebiet dahinter völlig verlassen. Die Bewohner der beiden Dörfer, die von den alten Zinnen aus zu sehen waren, waren vor langer Zeit geflohen und hatten die traurige Einsamkeit der Verlassenheit hinter sich gelassen. Auf diese Weise wurde Traubers Kompanie vollständig isoliert, da sie zwar durch den hinteren Teil des Forts abreisen konnte, aber die Befehle des Generalstabs erlaubten es nicht, es zu verlassen.

Lotzzys Fort bestand aus einem Stockwerk mit einer Dachterrasse, auf der sich mehrere Maschinengewehrnester aus Beton befanden, und einem feuchten und ungesunden Keller, in dem sich die Schlafräume der Truppe, die der Offiziere, befanden. B.: Lebensmittel- und Munitionsdepots.

Karl stattete diesen einen ausführlichen Besuch ab und stellte mit Genugtuung fest, dass sie satt seien und er daher für lange Zeit die Ernährung seiner Männer und die seiner Waffen garantiere.

Die Russen waren noch weit entfernt, und der Kapitän widmete diesen Waffenstillstand der Verstärkung der Verteidigungsanlagen des Forts, der Verdickung der Schießscharten im ersten Stock mit Sandsäcken und der Aufstellung eines möglichst effektiven Feuerplans.

Die Männer hatten erkannt, was von ihnen verlangt wurde, und sie alle hatten die Vorstellung, dass diese schmutzigen Wände mehr als eine Chance hatten, sein Grab zu werden. Aber von dem lächelnden Charakter ihres Kapitäns mitgerissen, verließen sie sofort die schwarzen Gedanken des Anfangs, ließen sich von den tausend Beschäftigungen des Tages mitreißen und genossen die Ruhe, die ihnen die Entfernung des Feindes erlaubte.

Aber alles endet...

Die Ankunft der sowjetischen Luftfahrt war wie eine Warnung, dass die ruhigen Tage vorbei waren. Die riesigen Vierräder bombardierten den gesamten Landstreifen, der die Landenge zwischen den beiden

Ufern des Flusses bildete. (Das Fort erhielt die entsprechende Dosis Sprengstoff und fünf Männer verloren ihr Leben, als sie versuchten, die vorbeifliegenden Bomber mit Maschinengewehren zu beschießen.)

Von diesem Moment an wurden die Einfälle immer zahlreicher, und Trauber musste Maßnahmen ergreifen, um zu verhindern, dass diese Angriffe ihm weitere Verluste zufügten. Da er keine Flak-Artillerie hatte, zog er es vor, sich mit seinen Jungs im Keller einzuschließen und geduldig auf das Ende des Bombardements zu warten, bevor er nach draußen zurückkehrte. Die Mauern der Festung waren stark genug, um nicht zu befürchten, dass eine Bombe die gesamte Schanze zerstören würde.

Zwei Tage später übernahmen wieder Ruhe und Stille die Erde und den Himmel. Aber diese Ruhe und Stille hatte etwas Unheimliches und Falsches, das Veteranen wie die Männer der Trauber-Kompanie in keiner Weise täuschen konnte.

Es gab nicht das leiseste Flüstern, und selbst das Wasser des Flusses schien vorsichtig und ängstlich durch die sich bewegenden Zweige der Sümpfe zu fließen. Der Wind war verflogen, und die Luft lastete trotz der niedrigen Temperaturen zweifellos auf den Körpern und noch mehr auf den Seelen.

Es war eine unbestimmte Sensation, in der die Nähe der endgültigen Tragödie "gekaut" wurde; so etwas wie eine Vorahnung, ein in die Luft geritzter Vorgeschmack auf die Gefahren, die ein immer enger werdender Horizont birgt.

Die nervöse Anspannung erreichte ungeahnte Grenzen und in den Gesichtern der Soldaten konnte man deutlich die Besorgnis ablesen, die vor dem Unbekannten aufsteigt, dessen Kraft sich bis zum Erscheinen nicht kalibrieren lässt.

Es sei an der Zeit, "daran bestand für Karl kein Zweifel", ernsthaft mit den Männern zu sprechen. Dann, später, in der Hitze des Gefechts, waren Worte überflüssig und es war notwendig, dass jeder der Soldaten mit der Qualität der Anstrengung und des Opfers imprägniert war, die von ihm verlangt werden würden.

Inmitten dieser beeindruckenden Stille stellte der Kapitän seine Männer in dem Raum auf, der fast vollständig das Hauptgeschoss des Forts bildete.

„Du spürst in der Luft, dass sie näher kommen, oder? "Waren seine ersten Worte, während er lächelte." Ja, meine Freunde, der Gestank von Ivan ist bereits überall. Obwohl wir es noch nicht geschafft haben, ihre schmutzigen Gesichter zu sehen, bin ich mir mehr als sicher, dass ihre Patrouillen ihre Augen mit unserer Festung füllen ", machte er eine Pause und ging mit einem selbstbewussten Blick durch die engen Reihen der Soldaten.

"Zum ersten Mal", fuhr er fort, "werden wir alleine kämpfen. Keine Einheit rechts, keine Einheit links und nichts dahinter; eine Leere, auf die wir uns nicht verlassen können. Allein vor einem tausendmal mächtigeren Feind." als wir, aber das hat den Nachteil, gezwungen zu sein, in die Festung einzudringen, um nach Westen durchzubrechen. Ich bin kein Freund von Reden und schon gar nicht, wenn das uns gebotene Panorama überhaupt nicht vielversprechend ist. Wir haben lange genug zusammen gekämpft, damit wir uns nicht gegenseitig dumm warnen müssen.

"Aber" ein trauriges Lächeln betonte die Falten in seinem müden Gesicht "Ich möchte Ihnen sagen, dass ich auf jeden Fall vollstes Vertrauen habe, dass Sie den Sowjets zeigen werden, dass der Weg nach Berlin kein militärischer Weg ist." . Ich bin niemand, der Ihnen sagt, wie der Krieg läuft; Sie sehen das schon selbst und kommentieren es ausreichend während der langen Wachen oder wenn der Schlaf nicht kommen will. Ich versichere Ihnen, dass ich es vorziehen würde, wenn Sie so denken ich, ich schwöre, ich habe alles vergessen, außer dass ich ein deutscher Soldat bin, der nicht ruhen darf, bis der Feind kapituliert oder eine Kugel mich am Weiterkämpfen hindert ... "er machte eine neue Pause und dann, mit diesem Lächeln womit er von seinen Männern alles erreichen konnte". Nichts anderes Jungs!

Die Soldaten zogen sich schweigend zurück, aber ihre Augen leuchteten von der Intensität der guten Zeiten, in denen es notwendig war, sich anzustrengen, fast immer gekrönt von dem einzigen Sieg, auf den ein Soldat hoffen kann: dem Tod ...

KAPITEL ZWEI

"SEMUROW"

Nicht weit vom sowjetischen Generalstab hoben ein Dutzend breiter Zelte ihre schmutzigen Kegel über den mit zertretenem Schnee bedeckten Boden, der einen schwärzlichen Schlamm bildete. Einige Männer mit brandneuen tragbaren Thompson-Maschinengewehren, die kürzlich aus den Vereinigten Staaten eingetroffen waren, bewachten diese Gruppe von Geschäften gegen allgemeine Neugier.

Es wäre jedoch nicht notwendig gewesen, dass die Wachen umhergehen und ihre Wache hielten; kein Soldat hätte es gewagt, dem winzigen Lager zu nahe zu kommen, auch wenn es völlig ohne Wachen war.

Jeder kannte den traurigen Ruhm von Semurow nur zu gut. Und während sich kein sowjetischer Soldat einen Dreck darum scherte, was dieser Mann mit den Deutschen anstellte, hatten sie Semurows "Neben"-Missionen während der großen deutschen Offensive auf die wilden Instinkte des Partisanen aufmerksam gemacht.

Semurow und seine Leute hatten sich auf Befehl der Vorgesetzten dafür eingesetzt, ihre verängstigten Landsleute vor dem ungestümen deutschen Angriff an der Flucht zu hindern. Und so wie die Deutschen, die ihnen in die Hände fielen, gehängt wurden; die Sowjets, die beim Rückzug eine gewisse Geschwindigkeit zeigten, fielen unter die Kugeln der Partisanen und blieben im Schnee als Beispiel für diejenigen, die ihre Pflicht vergaßen.

Semurow hatte eine große Überlegenheit in der Armee und sogar im Generalstab. In Wirklichkeit waren die Gefühle, die sie erlebten, perfekt getarnt die der Angst; eine logische Angst vor diesem wütenden Panther, der nicht glücklich war, wenn er nicht auf jemanden schoss.

In seinem zylindrischen Zelt rauchte Igor Semurow leise, umgeben von seinen "Offizieren". Er war groß, schlaksig, knochig, aber breitschultrig und von nervöser Muskulatur. Er hatte eine schmale Stirn, struppige Augenbrauen und eine Adlernase, die vage an seine armenische Herkunft erinnerte.

Die Schwärze seiner Augen war vielleicht das unheimlichste Detail seiner Persönlichkeit, da es sehr schwierig war, eine ähnliche Farbe in einem menschlichen Gesicht zu finden. Das ließ ihn wie ein Schlachter aussehen, der immer auf der Suche nach hilfloser Beute ist. In Wirklichkeit waren es nur wenige, sehr wenige Männer, die es wagten, seinem durchdringenden und scharfen Blick zu begegnen. Und selbst diejenigen, die es wagten, taten es nicht, ohne dass ihnen ein unfreiwilliger Schauder über den Rücken lief.

"Genosse Semurow", der sprach, war eine Art Gorilla mit einem Gesicht, das vage an einen Mann erinnerte ", es ist lange her, dass die Offensive begonnen hat, dass wir nichts Lustiges machen. Diese vom Generalstab sind mästen uns wie Schweine ...

Igor sah seinen Gesprächspartner an. Er war einer ihrer Lieblingsmänner wegen der Bestialität, die er besaß.

„Du hast Recht, Trupiew. Und ich werde langsam krank von all dem. Es ist wirklich schade, dass die Deutschen wie Frauen fliehen! Wie gerne würden die Nazis eine weitere Offensive starten ...! Also wir hatten eine gute Zeit! Meinen Sie nicht, Herr Kommissar?

Der befragte Mann, der gerade den Inhalt einer großen Fleischdose verschlang, hob den Kopf und gab ein Knurren von sich, das das einzige war, was aus seinem vollen Mund kam.

Er muss so groß gewesen sein wie Trupiew selbst, obwohl seine Kraft mehr in einem Körper steckte, der nicht die seismischen Dimensionen des anderen erreichte, aber dennoch eine Animalität und einen offensichtlichen Primitivismus besaß.

Sein breites Gesicht war fast kreisrund, mit einem kugelförmigen Kopf aus kurzgeschnittenem Haar und mit den Rassenmerkmalen der

Orientalen. Schräge Augen, riesige abgeflachte Nase und hervortretende Wangenknochen, alles in plumpen Proportionen, als wäre es eine schnell und sorglos angefertigte Skulptur, wie eine Skizze eines Mannes, in der der Mensch bestialisch dargestellt war.

Niemand kannte seinen Namen, und keiner der Semurow-Männer verstand auch nur ein Wort von den wenigen, die der »Kommissar« sagen konnte. Die Geschichte seiner "Ernennung" durch Igor sorgte noch immer für Gelächter, als sie jemand zwischen den blutigen Anekdoten der Partisanengruppe erzählte.

Dieser Mann war zusammen mit vielen anderen seiner Rasse auf der Flucht vor den deutschen Truppen in einem südlichen Sektor der Ostfront festgenommen worden. Bei dieser Gelegenheit verließ die Semurow-Gruppe die Felder voller Leichen der Usbeken in einer der Missionen der "Disziplin", der sie sich mit besonderer Inbrunst widmeten.

Bei dieser Gelegenheit entdeckten sie, versteckt in einigen Büschen, diese Art von primitiven Menschen, die bei ihrer Entdeckung knurrten wie jedes wilde Tier, das von einer Hundemeute gejagt wird.

Als Trupiew ihn "töten" wollte, fand Semurow, der bei ihm war, das ganze Knurren amüsant. Gleichzeitig erkannten seine scharfen Augen, dass unter diesem ausdruckslosen Gesicht die Wildheit eines primitiven Mannes lag, die man richtig orientiert einsetzen konnte.

Er hob seine Stimme und packte gleichzeitig Trupiews bewaffneten Arm, um ihn am Schießen zu hindern.

„Hoch! Lass ihn raus.

Auf die gebieterische Geste dieses Mannes kam der Usbeko aus seinem unsicheren Versteck und ließ seine fleischigen und dicken Lippen einen Umriss eines Lächelns zeichnen, das eher wie eine groteske Grimasse aussah, mit der er seine Angst zu verbergen versuchte.

Er sagte etwas in seiner Sprache, das natürlich niemand verstand. Dann hob er die Arme, um seine Kapitulation wirksamer zu machen, und legte beide Hände in seinen massiven Nacken.

Semurows Männer hatten sich um ihren Chef versammelt. Gewohnt, sich mit Igors Witzen zu amüsieren, die fast immer blutig waren, hofften sie, bei dieser Gelegenheit eine gute Zeit zu haben.

„Genossen!", rief Semurow mit diesem unheimlichen Akzent, den sein Volk so sehr mochte." Hier ist der zweite Anführer unserer Gruppe. Man muss ihn nur ansehen, um zu sehen, dass er eine der größten Intelligenzen ist, die wir je kennengelernt haben den ganzen Krieg "mit einer falsch feierlichen Stimme und dem Versuch, das überall explodierte Gelächter zum Schweigen zu bringen." Ich, Igor Semurow, ein unabhängiger Parteigänger, ernenne diesen Mann zum "Kommissar" meiner Fraktion.

Seitdem verliert der "Kommissar", der kein Wort der Rede seines Chefs verstanden hat, seine Angst, als er den Geschmack eines Lebensmittels prüft, das er in seinem ganzen Leben nicht probiert hat.

Langsam sicherte er sich, der Sohn der Ebenen Zentralasiens, eine Existenz, wie er sich nie hätte träumen lassen, und wurde der treue Hund von Igor, dem er blind gehorchte. Semurow hatte bei der Wahl des Asiaten im Komplexen und Vage zugleich die Rolle des "Kommissars" gesehen. Als also einer der Männer in der Gruppe seine Pflichten vergaß, wies ihn der Häuptling auf den Usbeko hin und mit einer Stimme, die keine Antwort zuließ:

„Pass auf ihn auf, Kommissar, er ist ein dreckiges Schwein und Verräter!

Dann, im gelblichen Hintergrund dieser Schüler, die nichts als sonnenverbrannte Ebenen und winzige Pferde gesehen hatten, fast wie Hunde, leuchteten sie in einem schrecklichen Licht der Wildheit auf, und der Elende, auf den Igor hingewiesen hatte, fühlte sich, wie auch immer, Kurze Zeit schließen sich die Krallen des Asiaten um seinen Hals.

Außerhalb dieser "exekutiven Dienste" verbrachte der "Kommissar" sein Leben damit, den Hunger zu stillen, den er lange und schreckliche Monate an der Front gelitten hatte, bis er in die Hände des Partisanen fiel.

In Erwartung der Lippen seines "Meisters", da in seinem primitiven Gehirn kein Unterschied zwischen Semurow und den ehemaligen Besitzern des Landes bestand, das seine Eltern und ihre Eltern gekannt und bedient hatten, konsumierte der Usbeko eine unübersehbare Menge Fleischbüchsen, die die Semurow Gruppe in einer Menge besessen, die jede Einheit der Roten Armee vor Neid sterben lassen würde.

Ebenso Semurow und seine Männer.

****

Die ersten russischen Soldaten erschienen auf der anderen Seite des Flusses ...

Sie waren die Vorhut einer mächtigen Armee, die mit der Mission betraut worden war, Lotzzy zu durchqueren, um mit einer anderen, die durch den Süden vorrückte, Kontakt aufzunehmen. Die Vereinigung musste an der alten deutsch-polnischen Grenze vollzogen werden und von diesem Moment an konnten die sowjetischen Truppen bereits als ganz Deutschland betrachtet werden

Von den Schießscharten des Forts aus untersuchten Traubers Männer sorgfältig die Ankunft der ersten Feinde. Auf beiden Seiten herrschte ein unausgesprochenes Schweigen und nur die hasserfüllten Blicke, die sich wie unsichtbare Geschosse zwischen beiden Seiten kreuzten.

Der Kapitän stützte sich auf die Sandsäcke, die den durch einen der sowjetischen Luftangriffe zerstörten Beton ersetzt hatten, und beobachtete mit seinem Fernglas genau, wie sich diese schnellen Gestalten vorsichtig am gegenüberliegenden Ufer des Flusses bewegten.

Die Russen trugen wattierte Uniformen und Pelzmützen, deren seitliche Verlängerungen ihr Gesicht fast vollständig bedeckten. In ihren Händen glänzten die modernen Waffen, die sie von ihren westlichen Verbündeten erhalten hatten, und sie waren nicht mehr wie anfangs barfuß und halbnackt. Seine Füße wurden von Lederstiefeln aus der Nähe von London geschützt ...

Den ganzen Tag wanderten die Silhouetten am Ufer des Flusses entlang und gruben sich mit langen Stöcken in die Bereiche, in denen sich der Treibsand der Sümpfe in einer Umarmung des Todes über alles schloss, was in sie hineinfiel.

Als die Nacht hereinbrach, verdoppelte Karl die Wache, hielt seine Männer in Alarmbereitschaft und wartete vergeblich darauf, dass der Feind eine offensive Versuch-und-Irrtum-Aktion einleitete.

Der dem Fluss zugewandte Teil des Forts war vollständig von den Überresten der gesprengten Brücke gesäubert worden und bot nichts als die glatte, glatte Oberfläche eines "Glacis", über das ein Mann kaum noch klettern konnte. Dies war in der Tat die beste Verteidigung, die dem Kapitän zur Verfügung stand, da die Wasserpflanzen an dieser Stelle im Überfluss vorhanden waren, was den abenteuerlichen Aufstieg der feindlichen Infanterie noch schwieriger machte.

Diese sollten, um das Fort zu erreichen, Landungsboote oder andernfalls pneumatische Boote benutzen, da die Tiefe des Flusses, wenn auch nicht übermäßig, im Gegenteil die Gefahr eines durch Treibsand gebildeten Bodens birgt.

In der Nacht konnte Trauber nicht einschlafen, zog es vor, auf allen Seiten des Forts zu spazieren, vorsichtig durch die Wachen zu gehen und ständig die Wachen zu ermutigen, die erfanden, um die Dunkelheit zu durchdringen, die sie umgab.

Sehr bald, lange vor Sonnenaufgang, wurde das gegenüberliegende Ufer von Hunderten von Freudenfeuern beleuchtet, die die Ankunft aller kampfbereiten Truppen anzeigten.

Es war klar, dass der Feind mit einiger Genauigkeit die magere Zahl der Deutschen, die das Fort bewachten, und sogar die Art ihrer Waffen kannte. Daher waren sie sich sicher, dass sie diese Handvoll deutscher Soldaten schwimmen konnten, und demonstrierten ihre Stärke vor einem Feind, den sie in kürzester Zeit vernichten wollten.

Nachdenklich musterte Karl die Russen, fest davon überzeugt, dass die kommenden Kämpfe außergewöhnlich hart werden würden. Er hatte volles Vertrauen zu seinen Soldaten, aber er war nicht blind für die wilde Schlussfolgerung, dass sie einem Feind dieser Kategorie auf unbestimmte Zeit widerstehen könnten.

Der deutsche Hauptmann zählte schnell die Anzahl der Brände und kam nach einer einfachen Rechnung zu dem Schluss, dass die am gegenüberliegenden Flussufer stationierten Kräfte ungefähr der Stärke einer sowjetischen Division entsprachen. Natürlich hätten die Russen eine Reihe von Lagerfeuern entzünden können, die nicht ihren wahren Bedürfnissen entsprachen. Allen, die im Osten gekämpft hatten, war ein solcher Apparat bereits wohlbekannt.

Aber auf jeden Fall würde die Logik nicht verfehlen, dass die Russen beträchtliche Truppen eingesetzt hatten, um nicht gerade gegen das Fort zu kämpfen, sondern den Vormarsch fortzusetzen und die Besetzung des ausgedehnten polnischen Gebiets durchzuführen, das sich hinter Lotzzy erstreckte.

Dawn erwischte Karl dabei, wie er das sowjetische Feuer beobachtete. Als das Tageslicht die Umrisse der Flammen der Freudenfeuer verwischte, konnte der Kapitän die dichten Soldatengruppen sehen, die sich für das Fu-Ego wärmten.

Er hatte sich nicht geirrt.

Dort, auf der anderen Seite der schmutzigen Masse des Flusses, stand eine ganze Division. Jetzt konnte man nicht nur die Männer, sondern auch die Waffen sehen; Batterien auf der linken Seite; die Panzer im Hintergrund mit ihren großen braunen Massen und die eleganten Zelte, in denen zweifellos der Generalstab der Einheit untergebracht war.

Die Russen warteten nicht lange. Um acht Uhr morgens begann ein verheerendes Feuer gegen das Fort. Mit einem Schuss pro Sekunde begann die Artillerie mit ihrem entsetzlichen Feuer die deutsche Verteidigung wegzufegen.

Nach den ersten Verletzten befahl Karl seinen Männern umgehend, in den Keller abzusteigen. Da die Luftfahrt so heftig angegriffen hatte,

hatte der Kapitän zwei kleine Löcher in die Kellerwand gebohrt, die die gesamte Zwangsdurchfahrt des Flusses freilegten.

Sechs Stunden lang erschütterte das Artilleriefeuer sogar die Fundamente des massiven Gebäudes. Der Staub der zertrümmerten Wände und der Geruch des Trilits drangen durch die Zwischenräume und ließen die Atmosphäre der Keller geradezu unatmend werden.

(Die drei Männer, die durch die ersten Schüsse der feindlichen Artillerie verwundet worden waren, hörten gegen Mittag auf zu existieren. Es konnte nichts getan werden, um das Bluten dieser enormen Wunden zu verhindern Eine makabre Ansage für die heldenhaften Verteidiger, die beim Blick auf die unbeweglichen Körper ihrer Gefährten sich leicht vorstellen konnten, dass dies früher oder später das logische Ende sein würde.)

Im Laufe der ersten Nachmittagsstunden und fast bis zur Dämmerung herrschte bei den Russen absolute Ruhe. Die Artillerie hatte aufgehört zu feuern, und die Stille nach dem schrecklichen, ununterbrochenen Geschützsturm schien die Nerven weit mehr zu stören als das Kanonenfeuer selbst.

Mit dem Gesicht an eines der Beobachtungslöcher im Keller gepresst, beobachtete der Kapitän das feindliche Ufer, wo vorerst alles unbeweglich blieb. Mit einiger Bitterkeit erinnerte er sich daran, dass aus dem Fort kein einziger Schuss abgefeuert worden war. Bis dahin hatten nur die Sowjets gesprochen.

Plötzlich...

Das rote Ufer begann intensiv zu kribbeln. Hunderte von Männern näherten sich dem Rand des Wassers und trugen lange aufblasbare Kanus auf dem Rücken, die sie ins Wasser schleuderten. Fast sofort und im rötlichen Licht des Sonnenuntergangs pflügten Dutzende Schiffe durch das Wasser in Richtung Fort.

Kommt schon, Jungs, sie kommen!

Bei den deutschen Soldaten gab es nicht die geringste Beunruhigung. Im Gegenteil, eine wilde Freude ergriff sie bei der

Ankündigung des Kampfes. Sie waren es leid, einer Situation zu widerstehen, die nicht gerade glänzend war, und sie zogen es vor, tausendmal zu sterben und Feinde zu töten, als es so zu tun, wie sie während der Artillerieaktion auf Kameraden gefallen waren.

Sie kletterten schnell auf die Spitze des Forts. Beim Anblick dieses chaotischen Haufens aus Erde und Steinen stießen sie einen eigenwilligen Ausruf böser Überraschung aus. Alles verwandelte sich dort in ein unordentliches Chaos, in das die Artillerie die oberen Verteidigungsanlagen des Forts verwandelt hatte.

In kürzester Zeit warfen sich die Deutschen auf die Trümmer und bereiteten in wenigen Sekunden einen Ort vor, von dem aus sie bequem schießen konnten.

Hinter ihnen und neben dem Hauptmann war Leutnant Lukas persönlich dafür verantwortlich, die einzigen beiden Mörser, die sie besaßen, in Brand zu setzen.

Die schwarzen Läufe der Maschinengewehre spähten über die Steine und das Fadenkreuz, bedeckten die beweglichen Ziele, die die Schlauchboote waren.

Trauber erlaubte dem Feind, in den Flusslauf einzudringen, bis die Boote nicht mehr als ein Dutzend Meter vom schwer fassbaren "Gletscher" des Forts entfernt waren. In diesem Moment gab er mit seinem eigenen Maschinengewehr das Signal zum Feuern und feuerte selbst auf die Sowjets.

Das erste Schlauchboot, das von Traubers treffsicheren Schüssen durchbohrt wurde, brauchte nur wenige Sekunden, um zu sinken. Aber die Russen waren sehr nah am unteren Teil des "Glacis" und mit ein paar energischen Schlägen erreichten sie die Steine und bereiteten sich darauf vor, den Hang zu erklimmen, um das Fort zu erreichen.

Die anderen Boote erlitten das gleiche Schicksal, mit Ausnahme von zweien, die unter präzisem Mörserfeuer mit ihrer gesamten Besatzung in die Luft gingen.

Genau das wollte Kapitän Trauber ...

Wenn die tragische Situation nicht gewesen wäre, wären die verzweifelten Bemühungen der Russen, die vergeblich versuchten, die rutschige Oberfläche der schrägen Wand, die das "Glacis" bildete, zu erklimmen, äußerst komisch erschienen.

Von deutschen Kugeln weggefegt, die die Deutschen aus zwanzig Metern Höhe abfeuerten, brachen die Sowjets jedoch schwer im Wasser zusammen und hinterließen einen roten Fleck, der für einige Momente auf der Oberfläche des Flusses zu schweben schien, bevor er sich auflöste. vollständig.

Diejenigen, die in Panik die Breite des Flusses versuchten, zu schwimmen, erlitten einen schlimmeren Tod. In der Gegend von Treibsand flussabwärts geschleppt, wo sie unter schrecklichen Schreien verschwanden, die die Entsetzlichkeit ihrer entsetzlichen Qual demonstrierten.

Als der letzte Feind unter Wasser verschwunden war, stießen die Deutschen, bewegt von einer einstimmigen Siegesgeste, einen Schrei aus, in dem die Freude lautstark zum Ausdruck kam. Sie hatten keinen einzigen Verlust erlitten, sondern eine ganze Kompanie zerstört, die vergeblich versucht hatte, das Fort im Sturm zu erobern.

In der Nacht hörte eine der Sektionen aufmerksam zu. Aber als die Morgendämmerung anbrach und die sowjetische Artillerie mit ihrem heftigen Bombardement begann, als Vergeltung für das, was am Vortag passiert war, zogen sich die Deutschen leise in die Keller zurück, ihre Herzen erfüllten sich mit Freude.

Nur Karl, während er sich ausruhte und versuchte, einen Traum zu verwirklichen, der mehr als notwendig war, nahm nicht an den Ausgelassenheiten seiner Männer teil, da er wusste, dass die schrecklichen Stunden der Prüfung gerade erst begannen.

Und da konnte er sich sicher sein, er hat sich nicht geirrt ...

KAPITEL DREI

BEDROHUNG IN DER NACHT

Igor Semurow saß dem General gegenüber und rauchte in aller Ruhe eine der luxuriösen Zigaretten, die ihm der Armeechef soeben geschenkt hatte.

Die scharfen Augen des Partisanen trennten sich nicht vom Gesicht seines Gesprächspartners. Letzterer, sichtlich unbequem unter diesem eindringlichen Blick und dem Mangel an Respekt und Disziplin, verfluchte innerlich den kapriziösen Befehl, den er gerade von Moskau erhalten hatte und der für ihn nichts anderes als eine direkte Beleidigung der ihm unterstehenden Streitkräfte darstellte Befehl und indirekt eine Beleidigung für sich selbst.

Mit zusammengekniffenen Augen, um dem unerträglichen Blick zu entgehen, der unwiederbringlich auf seine Schüler gerichtet war, erinnerte sich der General an die verletzenden Paragraphen des Befehls, den er direkt vom Kreml erhalten hatte.

"Da er dringend seine Truppen im Nordsektor der Front einsetzen muss und seinen geringen Kampfgeist bewiesen hat und vor einer kleinen Anzahl von Feinden im Lotzzy-Sektor versagt hat, befehlen wir ihm, die vollständige Kontrolle über diesen Sektor an die Paramilitärische Kräfte von Oberst Semurow, von denen wir sicher sind, dass sie die ihm anvertraute Operation siegreich und schnell durchführen werden. Seine drei Divisionen werden in Richtung des Nordsektors zum GPU-Feld aufbrechen, um die entsprechenden Rahmenbedingungen und politischen Lehren am nächsten zu erhalten.

Als er sich an den letzten Absatz erinnerte, schauderte der General von Kopf bis Fuß.

"Um die entsprechenden Rahmen- und politischen Lehren zu erhalten" - " wiederholte er langsamer als beim ersten Mal.

Dies bedeutete, dass die Division, nachdem sie Zeuge der Massenhinrichtung ihrer Offiziere wurde, dezimiert und von diesem Moment an durch Elemente der sowjetischen Polizei ersetzt würde, die keinen Tag verstreichen ließen, ohne die Todesstrafe zu verhängen es wich am wenigsten von dem ab, was die GPU unter "sowjetischer Disziplin" verstand.

Der General öffnete wieder die Augen und wagte es diesmal, den Mann vor ihm anzusehen. Seit er die Militärakademie Nowegorod verlassen hatte, hatte er sich nicht einmal vorstellen können, dass ein Krieg die besondere Form annehmen würde, in der sich dieser entfaltete.

Mit Blick auf Semurow, den hochgeschätzten »Oberst« in der oberen Mitte Moskaus, dachte der General bitter an die Zeit und das Leben, die er leider mit Büchern verloren hatte. Alle Bemühungen, die er aufrichtig mit der Absicht unternahm, ein ausgezeichneter Militärsoldat zu werden, waren nicht mehr als der offensichtlichste Beweis dafür, dass die Ausübung von Waffen in seinem Land nichts weiter als etwas Kleinliches und Nebensächliches war. , immer einer Politik unterworfen, die die Kommandokader vollständig beherrschte.

Da saß es ihm gegenüber, das deutlichste Beispiel für seine Gedanken. Ein Mann ohne Kultur, ohne Skrupel; eine Art blutrünstiger Tiger, der das Abzeichen eines Obersten trug, ein Posten, den er direkt von seinem obskuren Partisanenposten bestiegen hatte.

"Genosse Semurow", die Anstrengung, die er unternahm, dieses Monster anzusprechen, war unaussprechlich. „Moskau hat mir befohlen, den Überfall auf Lotzzys Blockhaus anzuordnen. Alle unsere Bemühungen waren angesichts der besonderen taktischen Umstände dieses Schlachtfeldes völlig nutzlos.

Igor warf den Zigarettenstummel zu Boden und zerquetschte ihn dann mit seinen groben Mujikstiefeln.

„Blödsinn!" Er hat dem General kalt ins Gesicht geschossen." Sie alle sind vergiftet von seltsamen Wörtern, die Sie in Büchern gelernt haben, die so nutzlos sind wie Ihre Uniformen. Um Krieg zu führen, braucht man keine Worte, sondern Taten. Der Feind tut es nicht mehr aufgeben, als wenn ihm der Stiefel um den Hals gelegt oder das Bajonett in die Eingeweide versenkt wird ... all die "Taktik" und "Strategie" dienen nicht mehr als dem Plaudern in den warmen Räumen Ihrer Akademien ...

Der General spürte, wie ihm die Röte ins Gesicht stieg und es wie ein Feuerstoß peitschte. Sie biss sich auf die Lippe und versuchte zu vergessen, was sie gerade gehört hatte.

„Jeder hat seine eigene Art, Krieg zu führen, Genosse Semurow", erwiderte er mit von Wut verhüllter Stimme. Aber wir sind nicht hierher gekommen, um untereinander zu streiten, sondern um den besten Weg zu finden, den gemeinsamen Feind am Ende zu versenken. Welche Waffen braucht man für den Angriff?

"Keine! Igors Stimme war eine unerträgliche Unverschämtheit. In den letzten Jahren hat mich niemand gefragt, welche Waffen ich brauche, um die Nazis zu hängen. Meine Männer und ich wissen genau, dass die Deutschen keine Angst vor Kanonen und der Luftfahrt haben Hunde brauchen eine besondere Behandlung, um zu verstehen, dass sie Russland verlassen müssen!" Er stand auf und warf seinem Gesprächspartner einen verächtlichen Blick zu: Sparen Sie die Waffen, die Kanonen, die Flugzeuge und die Panzer für Ihre Soldaten, die ohne „Taktik" keinen Krieg führen können oder "Strategie"! Und sagen Sie ihnen für mich im Namen von Igor Semurow, dass sie eine Bande von Schlampen sind, Feiglinge wie ihre Bosse, und dass meine Männer ihnen zeigen werden, wie man eine Festung mit offenen Truhen gegen feindliche Kugeln nimmt.

Der General war aufgestanden. Bleich wie ein Toter, senkte er seine rechte Hand schnell dorthin, wo sein Pistolenhalfter hing. Aber die Ruhe seines arroganten Besuchers, der nicht einmal blinzelte, und die Angst vor dem, was als nächstes passieren würde, als Moskau erfuhr, dass er "Oberst Semurow" getötet hatte, hielten ihn davon ab, an seine Frau und seine kleine Tochter zu denken, die sehnsüchtig erwarteten seine triumphale Rückkehr ...

* * *

Die Deutschen konnten nicht glauben, was sie mit eigenen Augen sahen ...

Am gegenüberliegenden Ufer steuerten die sowjetischen Truppen in korrekter Formation auf eine sehr lange Lastwagenkette zu, in der sie in kleinen Gruppen kletterten.

Mächtige Traktoren zogen auch die schweren Artilleriegeschütze und die Kolonne, endlos wie eine Ameisenspur, verschwand bald am fernen Horizont und hinterließ eine Staubwolke, die zum Himmel aufstieg und sich schließlich vollständig auflöste.

Die Soldaten drückten ihre Freude mit Jubelrufen und Umarmungen aus. Ihre Stimmen klangen in der Festung wie Siegesrufe. Als man sie sah, schien es tatsächlich, als sei der Krieg gerade mit einem durchschlagenden Triumph für das Dritte Reich zu Ende gegangen.

Trauber lächelte auch ...

Doch sobald er konnte, ließ er seine Soldaten im Stich und stieg in Begleitung von Leutnant Lukas in den Keller des kleinen Zimmers hinab, das ihm gehörte.

Lukas war ein blonder Riese, der klassische rein nordische Rassentyp, mit athletischer Statur und schmaler Stirn. Ihre blauen Augen waren voller Leben, und ihre schmalen Lippen waren fast ständig mit einem Lächeln geschmückt, in dem eine olympische Verachtung der Gefahr zu liegen schien.

Sie saßen auf den Decken, die dem Kapitän als Bett dienten.

„Sie glauben ihnen nicht, was, Sir?

„Was muss ich glauben, Lukas?

"Lass die Russen wirklich gehen ...

Trauber sah den Offizier aufmerksam an. Später:

„Ich glaube nicht, dass sie gehen, Lieutenant. Es wäre absurd, sich vorzustellen, dass sie ein Manöver ausführen, um uns zu täuschen. Sie werden verstehen, dass eine Handvoll Männer wie wir nicht das Benzin für all diese Lastwagen produzieren werden.

Sie schwiegen eine Weile. Schließlich entschloss sich der Leutnant, seinen Vorgesetzten zu untersuchen. Also ehrlich und offen.

„Ich würde gerne wissen, was Sie davon halten, Captain.

„Es ist ganz einfach, Lukas", erwiderte Karl lächelnd. Die Russen sind weg, das ist eine unbestreitbare Realität. Aber wenn sie das Spiel verlassen haben, haben sie sich vergewissert, dass die Festung mit den von ihnen angewandten Methoden niemals in ihre Hände fallen würde oder es lange genug dauern würde, um es nicht mehr zu besetzen. Sie dürfen nicht vergessen, Leutnant Lukas, daß sowohl im Norden als auch im Süden, etwa hundert Kilometer von hier entfernt, auf beiden Seiten unserer in allem verzweifelt vor einem überlegenen Feind kämpft. Bis diese beiden gegnerischen Armeen ein kleines Stück vorrücken, ungefähr dreihundert Kilometer, wird Lotzzy als militärische Notwendigkeit aufgehört haben zu existieren.

„Bedeutet das, dass wir uns zurückziehen müssen?

„Ich glaube es nicht. Dreihundert Kilometer vor einer deutschen Armee vorzurücken, die zwar schwach ist, aber tapfer Widerstand leistet, ist nicht so einfach, wie diese Festung einzunehmen und unsere Truppen von hinten zu nehmen ihre Reihe von Offensiven, haben sich die Taktik zu eigen gemacht, die uns der größte Teil Europas gegeben hat: die Zange.

„Was ich nicht verstehe, sind die Gründe für diesen feindlichen Rückzug. Ja, wie Sie sagen, sie sind daran interessiert, Lotzzy so schnell wie möglich zu ergreifen, ich kann nicht erklären, warum sie gegangen sind.

„Ich auch nicht, Leutnant. Aber keine Sorge, es wird nicht lange dauern, bis wir wissen, was sich dahinter verbirgt.

Abgesehen von der Gruppe, die im oberen Teil der Festung Wache stand, erholte sich der Rest der Kompanie von den müden Stunden des Kampfes. Die Männer schliefen tief und fest und vergaßen für einige Stunden die historische und persönliche Tragödie, in der sie seit Jahren steckten.

In dieser Nacht beobachtete Sergeant Kopler mit seinem ganzen Zug von den zerstörten Zinnen aus die Schwärze der russischen Nacht, die sie umhüllte. Stille und Dunkelheit waren seit dem Rückzug der Russen vom gegenüberliegenden Ufer zu einer völligen Zwillingsschwester geworden. Nichts schien die Ruhe dieser polnischen Ecke zu stören; als hätten die Toten vieler Zeitalter und vieler Kriege ihnen endlich ein Schweigen errungen, das ewig zu werden schien.

Kopler ging von einem Posten zum anderen, unterhielt sich mit jedem ein wenig und steckte in ihren scheinbar belanglosen Worten einen Hoffnungsdorn, der die Jungen nicht versäumte, Mut zu machen.

Einmal, als er mit einem von ihnen sprach, war er plötzlich still und versuchte, die Dunkelheit zu durchdringen, durch die das Wasser des Flusses floss.

Es war offensichtlich, dass über dem Rauschen der Strömung ein anderes, anderes, unterbrochenes gehört wurde, als würde dort jemand verzweifelt streicheln. Wenn es ein Schwimmer war, kam das Geräusch, das dem Sergeant zu Ohren kam, von einem einzelnen Menschen, der ertrank oder im Gegenteil mit ungeheurer Anstrengung versuchte, das Fort zu erreichen.

Die Einzigartigkeit des Geräusches ließ Kopler nicht Alarm schlagen. Wenn es, wie er fast sicher war, ein verrückter Feind oder ein Deutscher war, der es geschafft hatte, die russischen Linien zu überschreiten und sich verzweifelt in den Fluss stürzte, konnte er allein das Problem lösen. Außerdem war die Aussicht, einen Gefangenen festzunehmen, äußerst verlockend.

Nachdem er dem Posten seine Absichten anvertraut und ihm befohlen hatte, seinen Rückzug zu decken, stieg Kopler sanft das "glacis" hinab, auf einem groben Pfad, den er von Anfang an auswendig gelernt hatte.

Er sank wie ein Schatten zwischen die Schatten, stumm und fürsorglich, ganz Ohr und sich des leisen Flüsterns bewusst, das immer wieder aus dem Fluss kam. Als sie sich dem Ufer näherte, wurde die Gewissheit, dass jemand bereits in ihrer Nähe schwamm, durch eine Art keuchendes Knurren der mysteriösen Figur ergänzt.

Als die Füße des Sergeants den flachen Sims berührten, an dem das "glacis" bereits im Wasser endete, erstarrte er vollständig beim Geräusch des keuchenden Atems des Mannes und dem Geräusch des Wassers, das aus seiner durchnässten Kleidung fiel.

Der Fremde muss ihm sehr nahe gewesen sein, und Kopler, Pistole in der einen Hand und Taschenlampe in der anderen, entschloss sich zu handeln. Das Wichtigste war, den Schlag nicht zu verpassen, da er es sich nicht leisten konnte, die Laterne mehr als einmal anzuzünden und außerdem wäre der Kampf auf diesem kleinen Felsvorsprung unmöglich gewesen.

Er knipste die Taschenlampe blitzschnell an, als er den Schlag mit dem Kolben der Pistole ausführte. Alles geschah im Bruchteil einer Sekunde und der Sergeant musste sich schnell bewegen, um zu verhindern, dass die Leiche des Mannes, den er gerade bewusstlos gemacht hatte, ins Wasser fiel.

Kopler hielt ihn mit Armen und Beinen in einer unbeholfenen Position und konnte nicht anders, als sich glücklich zu fühlen, etwas so Ungewisses und Schwieriges geschafft zu haben. Dann den Kopf zum Fort hebend:

"Hans! "schrei". Werfen Sie ein Seil! Lassen Sie sich von zwei weiteren helfen.

Es dauerte nicht lange, bis er spürte, wie das Seil ihn berührte, als er von oben fiel. Geschickt fesselte er den Körper des Gefangenen und befahl, ihn hochzuheben.

Sie taten dies und warfen erneut das Seil, um den Sergeant hochzuheben. Die Wand war zu schwer zu fassen und Kopler musste sich den Aufstieg erlauben, indem er sich tot stellte, da es an der Stelle, wo sie ihn hievten, nicht die geringste Kante gab, die ihm beim Aufstieg helfen konnte:

Die Soldaten hatten den Körper des von ihrem Vorgesetzten Gefangenen ausgestreckt zurückgelassen und warteten darauf, von ihm die entsprechenden Anweisungen zu erhalten.

„Bring ihn nach unten", befahl er. In der Zwischenzeit werde ich den Kapitän wecken.

Im von Öllaternen beleuchteten Gemeinschaftsraum untersuchte Karl sorgfältig den regungslosen Körper des Gefangenen.

Er ist ein Usbeko ", stellte er klar, nachdem er die Rassengruppe dieses Mannes erkannt hatte. Dies bedeutet, wenn ich mich nicht irre, dass wir vor den barbarischsten russischen Soldaten gestellt wurden. Die Wache muss verstärkt werden, denn wie wir gerade gesehen haben, mögen diese Leute nichts wie Fische.

Der Usbeko hatte begonnen, die Augen halb zu öffnen. Seine Pupillen wurden intensiver und er warf kopfschüttelnd einen kreisenden Blick in die Runde. Dann, als er seine Situation verstand, stieß er ein heftiges Knurren aus.

„Wer bist du? Fragte der Kapitän.

Die schrägen Augen trafen auf Traubers. Danach und wie auf Russisch gefragt wurde:

"Ich bin der Kommissar", antwortete er.

Karl erkannte, dass der Mann kein Russisch konnte und dass die Worte, die er gerade gesprochen hatte, vielleicht die einzigen waren, die er nach enormer Anstrengung gelernt hatte. Er stellte jedoch die andere Frage, die ihm und seinen Leuten wichtiger war als die erste.

„Wer ist dein Chef?

Der andere wandte seinen Blick nicht vom Gesicht des Kapitäns ab. Als er die zweite Frage hörte, breitete sich sein Oberkörper zu einem Ausdruck unaussprechlichen Stolzes aus.

"Semurow! Er antwortete.

KAPITEL VIER

DUNKELHEIT!

"Nitchevo" war sehr glücklich ...

Zum ersten Mal in ihrem Leben, von dem sie sagen konnte, dass es ihr keine Freude bereitet hatte, erkannte das Herz der jungen Frau den köstlichen Geschmack einer Hoffnung, die sie mit so intensiver Kraft in ihrem Herzen verankert hatte, dass sie allein dazu diente, die Existenz des Mädchens.

Fast hatte sie die seltsame Stille vergessen, die sie ergriffen hatte, als sie der Ermordung ihres Vaters beiwohnte, für ... Aber sie zog es vor, all das in der vergessensten Ecke ihrer Erinnerung zu behalten und sich über ein Geschenk zu freuen, das sie gemacht hatte kennen Momente einer unbekannten Freude, bis dahin für sie.

Das Leben in Tepluja war für sie seit der Ankunft der Deutschen, die die Stadt besetzt hatten, ruhig und friedlich. Das Dokument, das Kapitän Trauber für sie erstellt hatte, machte es ihr sehr leicht, wurde von allen respektiert und genoss perfekte Behandlung und Ehrerbietung, dazu kam, dass sie jede Woche mit Nahrung versorgt wurde, genug, um leben zu können Ohne Sorgen. .

"Nitchevo" gehörte jedoch nicht zu den Frauen, die tatenlos zusehen konnten und durch eloquente Gesten, mit denen sie sich verständlich machte, den Bewohnern signalisierte, dass sie sich um den Zustand ihrer Kleidung zu sorgen bereit war. , wie er es bei den Männern der Firma Trauber getan hatte.

Jeder in Tepluja liebte es und es fehlte an nichts von ihrem Tisch, da die Deutschen darin etwas einfach Nichtexistentes in der Ferne gefunden hatten, das sie von ihren Häusern trennte. Wenn irgendjemand die Heiligkeit des Mädchens, ihre Gefährten und Karls Unterschrift auf dem Dokument auch nur annähernd vergaß, so wirkten dies wie eine starke Mahnung, und die Dinge kamen nicht über einen abgebrochenen Witz ohne größte Bedeutung hinaus.

In der Gefühlswelt von "Nitchevo" lebte nur das Bild von Kapitän Trauber, Besitzer all seiner Gedanken. Sie musste ehrlich gestehen, dass sie sich in diesen Deutschen verliebt hatte, den sie kaum kannte. Tausend verschiedene Zweifel befielen sie am Anfang und sie musste hart dagegen ankämpfen, um ihre Zukunft mit einer Hoffnung als Mörser weiter aufzubauen, an die sie den Hauptgrund ihrer Existenz fest geknüpft hatte.

Karl und seine Männer schickten ihr ein paar lustige Bilder mit kurzen Inschriften, die sie zwar nicht verstand, aber mit ihrem feinen weiblichen Instinkt erriet. Nachts, wenn sie müde von ihrer täglichen Arbeit in ihr Bett fiel, betete sie für die Männer, die in einem entlegenen Winkel des Landes in der ungeheuren Stille gefrorener Nächte kämpften und starben.

Aber nach den glücklichen Friedenszeiten in dieser russischen Nachhut kamen die schlechten Zeiten ... Wieder wurden die Unruhe und die Angst im schmerzenden Herzen von "Nitchevo" geboren und die Roldados, die er in Richtung der Schusslinie singen sah, kehrten zurück jetzt müde, schmutzig, viele verbunden, verwundet, mit dem Tod im stumpfen Schein ihrer Pupillen und einem Ausdruck unendlicher Traurigkeit auf ihren Gesichtern.

Sie wurde aufgefordert, rückwärts zu gehen. Sie machten ihr freundlicherweise Platz in einem Lastwagen und der schreckliche Exodus begann und schien nie zu enden. Neue Länder, unbekannte Regionen, die er noch nie betreten hatte, paradierten vor den traurigen Augen von "Nitchevo".

Alle waren immer noch nett zu ihr. Aber nach und nach, als die Zustände an den Fronten prekärer wurden, als die Tatsachen einer zweifellosen Niederlage in die Herzen der Deutschen genagelt wurden, wich die Freundlichkeit den mürrischen Blicken, dem seltenen Glanz in den Augen der Menschen die aufhörten zu sein, als der Tod sie in einem ungerechten Bild eines verlorenen Krieges mit seinen eisigen Armen packte.

"Nitchevo" erkannte, dass sich alles drehte, schief ging und dass eine seltene dämonische Aktion die Verzweiflung derer begleitete, die bereits die Zerstörung ihrer Häuser durch die Sowjets, die Verbrennung ihrer Heimat und die ewige Qual einer schrecklichen Sklaverei fürchteten.

Eines Nachts floh "Nitchevo" lautlos nach Osten mit der einzigen Hoffnung, Kapitän Trauber zu finden. Das Schicksal konnte dieses Herz nicht enttäuschen, in dem Reinheit wie ein seltener Edelstein in diesen blutigen Momenten inmitten der Verwüstung und des Bösen erstrahlte, die in intimer Gesellschaft mit den Vier Reitern der Apokalypse ritten. •

•••

SEMURAU!

Auf Geheiß eines grausamen Schicksals stand die Kompanie Trauber erneut dem Partisanen gegenüber. Das russische Kommando hatte es verstanden, den Angriff auf Lotzzy einem Mann anzuvertrauen, der viel bessere Chancen hatte als jeder andere, ihn zu erreichen.

Trauber starrte auf den gefallenen Körper des Usbeko. Von genau diesem Moment an war er fest davon überzeugt, dass der Kampf ganz andere Richtungen nehmen würde als bisher.

Es würde keine Artillerievorbereitungen mehr geben, keine brutalen Flugangriffe, keine Schlauchboote, die versuchen, zum Fort zu gelangen. Mit Semurow musste man sich zu jeder Zeit, an jedem Ort und zu jeder Zeit auf einen versteckten, schrecklichen Kampf vorbereiten, ohne Viertel.

Es wäre notwendig, Tag und Nacht mit großen Augen zu bleiben, ohne mögliche Ruhe und ohne jemals einen einzigen Mann auf einem Wachposten zu lassen. Karl kannte seinen neuen Feind zu gut, um von seinen Männern einen nach dem anderen die Bäume an den Ufern vor ihnen schmücken zu lassen, wie gruselige Früchte.

Einerseits empfand er eine Art Befriedigung, zu wissen, dass Igor auf der anderen Seite des Flusses war. Sie hatten viele ausstehende Rechnungen mit diesem Mörder zu begleichen, und er wünschte nur, dass die Moral seiner Männer nicht dem Fluch des Wortes Semurow weichen würde, damit er diese Viper, von der er so viel wusste, aus der Welt der Lebenden auslöschen könnte ...

Er hatte niemandem etwas sagen wollen und beobachtete weiterhin die Dokumentation des alten Mannes, der in der "Isba" von Tepluja starb, neben dessen Leiche "Nitchevo" untröstlich weinte. Aber in den seltenen Fällen, in denen er es noch einmal gelesen hatte, konnte er den Gedanken nicht verdauen, dass es Männer gab, in denen das Biest seine Kategorie von Menschen vollständig auslöschte.

Denn dieser arme alte Mann Andrei Semurow war kein anderer als der Vater dieses Schurken, der zweifellos sein Mörder gewesen war!

Karl hatte immer vermutet, dass "Nitchevo" die Schwester von Igor Semurow war. Aber sicher war er sich nie gewesen, denn die Züge des toten alten Mannes hatten nichts mit denen der jungen Frau zu tun. Andererseits, da er den Partisanen nie gesehen hatte, war es ihm unmöglich, einen physiognomischen Vergleich zwischen ihm und dem Mädchen anzustellen.

Es könnte auch seine Freundin sein... Er hatte so oft nachgedacht und spürte, wie der Hass, den er auf Semurow empfand, noch größer wurde. Aber im Moment konnte er keine der beiden formulierten Hypothesen beweisen.

Das Wichtigste war jetzt, sich auf den Kampf gegen Igor und die Seelenlosen vorzubereiten, die seine "patriotische" Gruppe bildeten. Nachdem er den "comisario" in einem der Festungskerker eingesperrt hatte, rief Trauber seine Offiziere zu sich und berichtete ihnen genau von der Lage.

„Ich muss dir Neuigkeiten mitteilen", begann er zu sagen. Die Russen haben uns einen alten "Freund" der Kompanie geschickt. Ich meine, für diejenigen, die seinen Namen Igor Semurow nicht erraten haben. Er ist es nun, der für den Angriff auf dieses Fort verantwortlich ist. Es versteht sich von selbst, dass er alle ihm zur Verfügung stehenden Mittel einsetzen wird, um uns zu vernichten. Wir wissen bereits, dass es mit ihm keinen Waffenstillstand oder Gefangene geben wird ... "er hielt inne und starrte seine Offiziere an" ICH WILL, DASS UNS DAS GLEICHE TUN ... Auge um Auge, Zahn um Zahn. Es wird das Gesetz von Talión sein, das von diesem Moment an zwischen uns und dem Feind herrscht. Ich werde nie müde zu warnen, dass Lotzzy weder ein einziges Mal vergesslich noch die geringste Ablenkung geben sollte. Verstanden?

Den ganzen nächsten Morgen über war die Ruhe zu seltsam, um Igors Initiative zu entspringen. Die Deutschen waren unruhig, nervös, blickten auf das leere und menschenleere gegenüberliegende Ufer und hofften, dass der Feind so schnell wie möglich zum Angriff eilen würde.

Diese Stille hatte etwas Unheimliches, ungeheures Warten, in dem die Augen und der ganze Körper in einer nervösen Anspannung vernichtet wurden, die ihn völlig erschöpft und zerstört.

All dies kündigte die Ankunft einer Tragödie an, die schließlich mit erschreckender Brutalität ausbrach.

Es war Kramer, der immer als Unteroffizier bei Trauber gedient hatte, der, während er am »glacis« Wache hielt, zum Kommandostand hinabstieg. Die Offiziere trafen sich mit dem Kapitän.

„Was wollen Sie, Kramer?" fragte er, als er den Feldwebel sah.

„Ich wollte Leutnant Lukas fragen, welcher Zug die Nachtwache übernehmen soll. Da es dunkel wird, dachte ich, es sei an der Zeit zu fragen.

Karls Blick ruhte auf dem Gesicht des Sergeanten. Dann warf er mit einer automatischen Geste einen schnellen Blick auf die Armbanduhr. Es war genau zehn nach drei.

"Es wird dunkel..." "hatte Kramer gesagt.

Mit einer schnellen Geste, damit der Feldwebel dieses Signal nicht bemerkte, brachte Trauber die Überraschung der anderen zum Schweigen. Dann stand er auf und ging auf den Unteroffizier zu.

„Es ist sehr gut, Kramer. Mit Erlaubnis des Leutnants werde ich derjenige sein, der den ankommenden Zug "nach einer Pause, in der er seinen Gesprächspartner intensiv ansah," benennt. Ich wünschte, ich würde zu den Positionen aufsteigen, Karl. Willst du mich begleiten?

„Was auch immer Sie bestellen, Captain", beeilte sich der andere zu antworten.

Es schien "nach Traubers Urteil" keine schlechte Antwort auf seinen Gemützustand zu geben. Denn Karl war sich mehr als sicher, dass der arme Sergeant den Verstand verloren hatte.

Er stieg die Leiter hinauf, gefolgt vom Sergeant. Draußen ließ die Sonne, wenn auch schwach, alles sehr hell. Es waren sogar noch mehr als zwei lange Stunden bis zur Dämmerung.

Ohne Kommentar steuerte Trauber direkt auf die versammelten Brüstungen zu, die dem Fluss zugewandt waren. Dort, zwischen den Sandsäcken ausgestreckt, beobachteten die Posten mit Gewehren in der Hand ständig das gegenüberliegende Ufer.

"Was ist los Jungs? "Fragte der Kapitän jovial." Sehen Sie viele Russen?

Die Männer drehten sich um und berührten respektvoll den Rand des Helms. Einer von ihnen, ein großer, stämmiger Mann, der seine süddeutsche Herkunft nicht verbergen konnte, antwortete mit einem Lächeln.

„Mit der Dunkelheit, die sich uns nähert, können Sie jetzt nur noch sehr wenig sehen, Sir.

Karl lief ein Schauer über den Rücken. Sofort warf er einen Blick zum gegenüberliegenden Ufer, wo noch viele Details zu erkennen waren. Einige leere Blechbüchsen, die von den Sowjets zurückgelassen worden waren, leuchteten hell wie Spiegelstücke und wurden vom Sonnenlicht schräg verwundet.

Trauber, der sich sehr bemühte, einen kühlen Kopf zu bewahren, fragte nacheinander die Soldaten der Wache und erhielt kategorisch dieselbe Antwort.

»Ich werde Sie gleich ablösen, Feldwebel Kramer. Ich werde sofort einen weiteren Zug schicken.

Er ging hinunter in die Keller und nachdem er persönlich die entsprechenden Anweisungen gegeben hatte, ging er mit gebrochenem Herzen in sein Zimmer, wo die Beamten immer noch auf ihn warteten.

Er schloss die Tür und lehnte sich daran, als fürchtete er, seine Worte könnten sie wieder öffnen, sagte er mit einer Stimme, die von unaussprechlicher Angst erfüllt war.

„Unsere Jungs werden blind ...

* * *

Igor, bequem untergebracht in seinem Zelt, ungefähr sechs Kilometer vom Flussufer entfernt, starrte mit unmenschlichem Hass auf die geschrumpfte Gestalt vor ihm.

Kupriew entging mit dem Maschinengewehr in der Hand keine einzige Bewegung des Mannes, der, über sich gebeugt, vor Schreck zitterte, als wäre er mitten in der gefrorenen Ebene, umgeben von hungrigen Wölfen.

Semurow rauchte diese endlosen "Papirossi", die er, seit der General ihn eingeladen hatte, keinen Augenblick mehr verpasst hatte. Ein spezieller Kurier aus Moskau hatte ihm zehn riesige Kisten mit einer persönlichen Widmung aus dem Kreml gebracht.

Durch den bläulichen Rauch der lang duftenden Zigaretten schienen die bösen Augen des Partisanen innige Freude auszudrücken. Tatsächlich war es das. Igor stellte mit Freude fest, dass die Männer in seiner Gegenwart so klein waren, dass sie wie minderwertige und feige Wesen aussahen, die kein Leben verdienten, das sie zu Unrecht genossen. Denn für Semurow galt nur der Entschluss und die Freude, alles Schwache, Kranke oder Feinde aus der Welt der Lebenden auszulöschen.

Igor hatte sehr wenig gelesen. Tatsächlich fand er es enorm schwierig zu verstehen, was die Texte ausdrückten. Aber mit einem seltenen Gedächtnis ausgestattet, erinnerte er sich dennoch an alles, was er hörte, und vor allem an den nicht ganz verdauten Inhalt der Reden, die die "Konsomoles" bei ihren kurzen Besuchen in Tepluja hielten.

Einer von ihnen hatte sich auf die Theorien eines weisen Engländers bezogen, der den Kampf ums Dasein als axiomatisch bezeichnete, in dem die weniger Vollkommenen, die Angeschlagenen, die Schwachen und überhaupt die Ängstlichen vor den Starken fallen müssen diejenigen, die von der Natur hervorragend ausgestattet waren und die wie Prototypen waren, die einzigen Überlebenden des grausamen Kampfes ums Dasein.

Diese Worte waren tief in Semurows stumpfsinnigem Gedächtnis eingebrannt, was sie schließlich zu seinen eigenen machte. Nichts schien ihm logischer als der Ausdruck eines Kampfes, in dem die Starken unwiderruflich die Sieger waren.

Aus diesem Grund und während er den Mann vor ihm verächtlich ansah, fühlte er den Haß seiner eigenen Macht gegen die zitternde Gestalt dieses Bauern, den einer seiner Männer gefangen genommen hatte, als er ihn von einer bestimmten Galerie sprechen hörte, die untergegangen war der Fluss.

Aber dieser "Mujik", von mysteriösen Gedanken bewegt, hatte seine Worte bereut und sich selbst einmal vor Igor zunichte gemacht.

„Ich versichere Ihnen, das habe ich nicht gesagt, Genosse. Genosse Soldat muss sich geirrt haben ... Ich bin sicher, er hat meine Worte falsch interpretiert.

Igor ließ ein wenig Stille zu. Dann langsam sprechen und jedes Wort gefräßig silben.

„Wir werden dir die Augen ausstechen, du dreckiger Spion. Dann lassen wir Sie mit Stöcken den Eingang zur Galerie suchen. Danach werden wir Ihnen unsere Hunde füttern.

Der "Mujik" zitterte von Kopf bis Fuß. In seinem armen Gehirn bildeten die wenigen Ideen, die er hatte, eine absurde Mischung, eine Art verrückter Trubel, aus dem er nichts Reines herausbekommen konnte.

„Nimm sein rechtes Auge heraus, Kupriew!

Drohend trat er vor.

Der Bauer, der die Anwesenheit des anderen spürte, fiel vor Igor auf die Knie.

„Verzeihen Sie, Vater! Das wollte ich nicht sagen! Wirklich, eine solche Galerie gibt es nicht! Ich schwöre es Ihnen, Vater!

„Nimm sein rechtes Auge raus, Kupriew!!

Ein unmenschlicher Schrei zerriss die Stille, die Igors gewaltigen Worten gefolgt war. Später, als der "Mujik" unbewusst zusammenbrach und eine Geste des Missfallens gegenüber seinem Untergebenen machte:

„Bring dieses Schwein hier raus, Kupriew! Es wird meinen Teppich beflecken! "Eine Pause", Ah! ... Und wenn er wiederbelebt ... und sauber ist, bringen sie ihn zurück.

Seine Befehle wurden umgehend befolgt. Dann, als Kupriew zu ihm zurückkam.

Kupriew, was für wunderbare Dinge! Wann hast du davon geträumt, du widerliche Laus, eine großartige Stadt zu betreten, in der dir alles zur Verfügung steht? Nun, dank Igor Semurow werden Sie das tun. Ich verspreche es dir! Du kannst jetzt anfangen zu träumen, alter Kamerad. Erinnern Sie sich an das Leben, das wir in Tepluja bis zum Ausbruch des Krieges führten? Ich verfluchte mich, als ich vor Tagesanbruch an der Tür der Schmiede deines Vaters vorbeiging. Ich verfluchte deinen Vater, deine Mutter und alle deine, weil du ihnen erlauben konntest, zwei oder drei Stunden später aufzustehen als ich ... Ich versichere dir, lach, ich hätte dein Haus niedergebrannt und die Schmiede, nur um dich gehen zu sehen! das Bett, als ich auf den Feldern arbeiten wollte ... Erinnerst du dich, Genosse? Du kannst jetzt anfangen zu träumen, alter Kamerad. Erinnern Sie sich an das Leben, das wir in Tepluja bis zum Ausbruch des Krieges führten? Ich verfluchte mich, als ich vor Tagesanbruch an der Tür der Schmiede deines Vaters vorbeiging. Ich verfluchte deinen Vater, deine Mutter und alle deine, weil du ihnen erlauben konntest, zwei oder drei Stunden später aufzustehen als ich ... Ich versichere dir, lach, ich hätte dein Haus niedergebrannt und die Schmiede, nur um dich gehen zu sehen! das Bett, als ich auf den Feldern arbeiten wollte ... Erinnerst du dich, Genosse? Du kannst jetzt anfangen zu träumen, alter Kamerad. Erinnern Sie sich an das Leben, das wir in Tepluja bis zum Ausbruch des Krieges führten? Ich verfluchte mich, als ich vor Tagesanbruch an der Tür der Schmiede deines Vaters vorbeiging. Ich verfluchte deinen Vater, deine Mutter und alle deine, weil du ihnen erlauben konntest, zwei oder drei Stunden später aufzustehen als ich ... Das versichere ich dir, lacht, dass ich könnte, ich hätte dein Haus und die Schmiede niedergebrannt, nur um dich gehen zu sehen! das Bett, als ich auf den Feldern arbeiten wollte ... Erinnerst du dich, Genosse?

Kupriew nickte.

„Ich habe dich und deine auch verflucht", erwiderte er mit seiner monotonen Stimme. Du weißt bereits, dass deine Schwester Irina schön war wie eine Blume, die am Fluss blühte, durch den Schnee. Aber du und deine haben mich immer daran gehindert, ihr nahe zu kommen. Und deshalb hätte ich dich jedes Mal, wenn ich dich in der Abenddämmerung mit dem Team zurückkommen sah, getötet, damit du einmal nicht so früh in der Stadt angekommen wärst, als ich zusammen mit meinem Vater noch drei gute hatte Stunden Arbeit.

Semurow seufzte mit der letzten Rauchwolke.

„Das ist alles Vergangenheit, Kamerad, und es muss so schnell wie möglich vergessen werden! Du bist kein Schmied mehr, und ich bin kein Bauer mehr. Wir sind Führer der Roten Armee! ... "Er hielt inne, als hätte er seinen Gedankengang vergessen." Du kennst meine Schwäche für Irina. Als wir das letzte Mal in Tepluja waren, bat ich ihn, uns zu folgen. Aber nachdem sie gesehen hatte, wie ich meinen Vater getötet hatte, der nur ein widerlicher Reaktionär war, blieb sie dort, um zu sterben, sicherlich, von einer Nazi-Kugel durchbohrt ...

Kupriews Augen funkelten unheimlich.

„Du weißt schon, dass diese Firma diejenige ist, die jetzt auf der anderen Seite des Flusses ist, richtig?

"Ich weiß es schon! Deshalb bereite ich eine Reihe von Überraschungen vor, die, wenn sie am Leben bleiben könnten, sie nicht sofort vergessen würden "er stand auf und kniete auf dem Teppich." Weißt du, was ich mit ihnen machen will? wenn wir sie fangen, alter Kamerad?

Kupriew zuckte die Achseln.

„Ich werde ihre Köpfe in Socos nach Moskau schicken. Ich möchte, dass die vom Kreml, wenn sie das Paket in einem dieser Säle erhalten, von denen sie sagen, dass sie die luxuriösesten der Welt sind, wie Schlampen ohnmächtig werden, wenn sie den Inhalt entdecken "er hat ein blutrünstiges Lachen entfacht". Können Sie sich die Szene vorstellen, Kupriew? Mir wurde gesagt, dass die Moskauer Kommunisten sich jeden Tag baden und parfümieren wie die schönen Frauen von Berlin.

"Es muss wahr sein", antwortete der andere. Ein Kamerad, der dabei war, erzählte mir, dass die Nazis, als die Nazis so nah waren, eine Parteikommissariat überfallen hätten und dass alle Herrenunterwäsche aus Seide sei.

Die beiden lachten zusammen, bis ihnen Tränen in die Augen traten.

Nun, "Igor mischte sich ein, als er sich von den Auswirkungen des Lachens erholte." Suchen Sie den "Mujik" und sehen Sie, ob er möchte, dass wir das andere Auge ausschalten. Ich hoffe, Sie haben es sich anders überlegt.

Kupriew stand auf. Als er sich umdrehte, stand er bereits vor der Ladentür.

„Ich erinnere mich an den „Kommissar". Was glauben Sie, was die Deutschen mit ihm gemacht haben?

„Nichts, da bin ich mir sicher. Sie werden dich verprügelt haben, um eine Aussage zu machen. Aber Sie wissen, dass dieser Usbeko einen sehr harten Kopf hat. Er ist ein guter Junge! Als ich ihm befahl, die Gaskrüge ins Fort zu bringen, zuckte er nicht zusammen. Ich wusste bereits, dass neben dem Wasser, das zu den Brüstungen führte, Risse waren, neben einigen sehr alten Löchern im Zement. Zu dieser Stunde dringt das Gas von allen Seiten ein und lässt die ekelhaften Nazis blind. Dann schicke ich ihre Köpfe nach Moskau, damit die in Seide gekleideten Kommunisten ohnmächtig werden ...

„Glauben Sie, dass Gas den „Kommissar" nicht angreifen wird?

„Also... wenn ja? Wenn die Dinge so gewesen wären, wie sie sein sollten, hättest du ihn getötet, als wir ihn gefunden haben. Komm schon, geh und suche den „Mujik"!

Augenblicke später betrat der unglückliche Bauer Semurows Zelt, zitternd wie nie zuvor.

Er sah ihn nicht einmal an.

„Oder du bringst uns zum Eingang der Galerie, um das andere Auge herauszunehmen.

Der "Mujik" fiel auf die Knie.

„Lass mich nicht noch mehr leiden, Vater! Mit nur einem Auge kann ich das Team noch fahren und den Weizen einsammeln. Diese Ländereien, die sie uns in Polen gegeben haben, geben viel Weizen ... weißt du?

Igor sprang auf.

„Nimm das andere Auge heraus, Kupriew! Er schrie aus sich heraus.

„Nicht! Ich werde Ihnen sagen, wo sich der Eingang zur Galerie befindet, die unter dem Fluss in die Keller des Forts führt. Ich werde Sie begleiten, Genossen.

»Schon gut. Geh mit ihm, Kupriew. Lass ein paar Männer mitkommen. Ich möchte, dass sie so weit wie möglich gehen und sofort zurückkommen, um mir zu erzählen, was sie getan haben.

Kupriew ging mit dem "Mudschik" hinaus, der sich an Igor wandte und ihm dankte, ihn vor der Folter gerettet zu haben.

„Ich werde jede Nacht für dich zu den Ikonen beten, Vater!

Fünf Minuten später kehrte Kupriew zurück

„Wir gehen jetzt, Semurow. Was soll mit dem Bauern geschehen, nachdem er uns den Eingang zur Galerie gezeigt hat?

Hängen ihn! War die lakonische Antwort.

KAPITEL FÜNF

ANGST IM SCHWARZEN

Der schreckliche Abend, den Feldwebel Kramer zum ersten Mal empfand, breitete sich auf alle Männer der Kompanie aus ...

Diese tapferen Soldaten konnten nichts tun, als sie nach Traubers Anweisungen versuchten, mit Lumpen, mit Mörser aus Lehm und mit tausend verschiedenen Dingen die Löcher und Zwischenräume zu verschließen, durch die das ungeheuer blendende Gas sickerte.

Sie alle erkannten zu spät, dass Semurow die Kriegsgesetze ignoriert hatte. Für diesen Gesetzlosen gab es nichts, was seinen Plänen entgegenstehen könnte. Außerdem, sobald die Firma Trauber verschwunden war ... Wer würde bezeugen, dass die Russen Gase freigesetzt haben?

Karl, der die schreckliche und langsame Agonie, die seine Seele erfasste, überwand, versuchte mit allen ihm zur Verfügung stehenden Mitteln, angesichts des Unglücks, das auf sie hereinbrach, außergewöhnlichen Mut zu zeigen. Er zog den Rest aus und ging von einem Ort zum anderen, wobei er Hoffnung einflößte, die er tief in seinem Inneren überhaupt nicht fühlte.

Er sprach mit seinen Männern und erklärte kategorisch, dass diese Blindheit nicht ewig andauern würde und dass die Schäden durch Gas an den Augen nur vorübergehend seien. Aber er war der Erste, der seinen eigenen Worten nicht traute.

In der Festung hatte sich alles verändert. Es schien, als ob sich der Mut der Männer in offene Verzweiflung verwandelte, in der die Pflicht mehr Untertöne von unaufhaltsamen Todesurteilen hatte als alles andere.

Die Wachen verharrten Tag und Nacht in dieser ewigen Düsternis und lauschten auf das leiseste Geräusch. Sie konnten ihren Augen nicht mehr trauen, und für sie waren die Konturen der Dinge langsam verblasst, bis sie nur noch eine diffuse Klarheit wahrnehmen konnten, die von seltsamen und nicht wiederzuerkennenden Objekten bevölkert war.

Sie warteten mit Wut und gemischten Wünschen auf den Moment des Angriffs. Wenn die Kugeln über ihren Köpfen zu zischen begannen, in der halb unsichtbaren Welt um sie herum, kämpften sie erbittert bis zum Tod.

Trotz der unermüdlichen Anstrengungen, die Trauber immer wieder unternahm, gelang es ihm nicht, seinen Männern den so tief verankerten Fatalismus abzuringen. Es war eine unerträgliche und zu jeder Zeit schreckliche Situation, während man auf die Ankunft von Semurows Männern wartete, die die Kompanie im Handumdrehen beenden würden.

Verzweiflung!

Ein undefinierbares Gefühl von schmerzhafter emotionaler Intensität, in dem Sie 48 Stunden am Tag zittern und fürchten. Jede Sekunde, die verstrich, ohne dass etwas Seltsames geschah, war wie ein Jahrhundert, das dem Schicksal gestohlen wurde und das grausam das katastrophale Ende dieses schrecklichen Abenteuers prägte.

Für alle Männer der Trauber-Kompanie nahm Lotzzys Außenposten einen Namen an, der zu ihm passte wie kein anderer:

Das Fort der Verzweiflung!

So warteten sie jeden Augenblick mit schreckerfüllten Haaren darauf, dass sich die knorrigen Hände ihrer Feinde, von denen sie keine Gnade erwarten konnten, endgültig um ihre Hälse schlossen ...

***

„Da ist der Eingang zur Galerie.

Kupriew ließ den Bauern in den Händen der beiden Männer, die ihn festhielten, und näherte sich der Stelle, an der mehrere Felsen von regelmäßiger Größe den Eingang einer Höhle bildeten, deren Ränder mit Zement abgestützt waren.

Es muss eine Galerie gewesen sein, die die Polen gebaut haben, um den Fluss unter Wasser zu überqueren, aus einem Grund, den der Russe nicht erklären konnte und wollte.

Genau in diesem Moment, als er sich dem Eingang zur Galerie näherte, sah er dort einen menschlichen Schatten liegen, der eine dunkle Masse bildete, im Gegensatz zur Schwärze der Höhle.

Der Sowjet holte das lange Messer heraus, von dem er sich nie trennte, und kroch vorwärts und bereitete sich darauf vor, denjenigen zu überraschen, der die schreckliche Idee hatte, an diesem Ort einzuschlafen.

Als er neben der Fremden war, die in eine schmutzige Decke gehüllt lag, beugte er sich herunter und zog sie brutal, während er sich darauf vorbereitete, das Messer bei der kleinsten verdächtigen Bewegung in seinen Körper zu rammen.

Aber seine Überraschung war so groß, dass er, ohne genau zu merken, was mit ihm geschah, die Waffe aus seiner Hand gleiten ließ und zu Boden fiel, wo sie laut klingelte. Dann, mit heiserer Stimme, gebrochen von Emotionen:

„Irina!

Irina Semurow, die "Miss Nitchevo" der Deutschen, weitete ihre Augen vor Schrecken. Später, wie ein Flüstern, wenn unangenehme Erinnerungen auftauchen, von denen man glaubt, dass sie für immer in Vergessenheit geraten sind.

„Kupriew!

Er hatte seine Rede vor ein paar Wochen wiedererlangt, so ruhig, wie er sie im fernen Tepluja verloren hatte. Aber die traurige Erfahrung wiederholte sich fast, als er jemanden traf, den er nie wieder zu sehen glaubte.

„Ja, ich bin's, liebe Irina. Kupriew, der Mann, der nie aufgehört hat, dich zu lieben ...

Sie zitterte wie ein von einem starken Sturm erschüttertes Baumblatt. Mit weit aufgerissenen Augen blickte er immer wieder auf die unpassende Erscheinung einer Vergangenheit, die er endgültig vergessen wollte.

„Warte hier ein bisschen auf mich, Irina. Ich komme gleich ... versprochen.

Die junge Frau war auf der Hut.

„Willst du meinen Bruder warnen?

Kupriew schüttelte heftig den Kopf von einer Seite zur anderen.

„Du denkst, ich bin verrückt? Wenn Igor dich hier kennen würde, würde ich dich für immer verlieren. Und jetzt, wo ich das Glück hatte, dich zu finden, werde ich nie zulassen, dass mich jemand von dir trennt.

Die Augen des Russen leuchteten vor Verlangen. Sie drehte sich um oder schauderte. Aber über seinen Schrecken hinaus bahnte sich eine Hoffnung den Weg in das schreckliche Chaos, das in seinem Gehirn herrschte.

Der Sowjet ging weg. Irina, die sich in die Decke wickelte, dachte weiter nach, konnte aber im Moment keine Lösung finden, die zu ihr passte. Aber immerhin war es ihm gelungen, eine schmerzhafte und beängstigende Begegnung mit seinem Bruder zu vermeiden.

Als Kupriew zurückkam, setzte er sich neben sie und stellte eine Dose Fleisch und eine Kantine "Wodka" auf die Decke.

„Du musst hungrig sein, armes Ding!

Sie lächelte ihn an und aß leise. Es stimmte, dass der Hunger sie gepackt hatte, und deshalb trank sie den Inhalt der Dose aus und weigerte sich im Gegenteil, Alkohol zu schmecken.

„Ich habe vor einiger Zeit etwas im Fluss getrunken. Danke Kupriew "und nach kurzer Pause": Was machst du hier?

Er lächelte glücklich, als er sah, wie gut die Dinge liefen. In diesem Moment nahm sein Hass auf Semurow rapide zu.

„Wir werden das Fort auf der anderen Seite des Flusses angreifen. Aber keine Sorge, Popcorn. Es gibt dort nur sehr wenige Feinde und wir werden sie in kürzester Zeit töten. Überlegen Sie, was eine einzige, bereits dezimierte Firma gegen uns bedeutet!

„Nur eine deutsche Firma? fragte sie mit gespielter Bewunderung.

"Ja. Es ist die berühmte Trauber Company ..._ aber das macht nichts.

Sie musste sich mit beiden Händen auf den Boden stützen, um das Verblassen zu vermeiden, das ihr ganzes Wesen schnell erfasste. Dann war es wahr! Die deutschen Soldaten, die sie vor etwa hundert Kilometern informiert hatten, als sie auf einem Pionierponton den Fluss überquerte, hatten ihr nicht zu Unrecht gesagt, Trauber sei in Lotzzy. Freude und Traurigkeit waren in seiner Seele innig vermischt.

Kupriew, der glaubte, sie mit seiner Tapferkeit zu interessieren, enthüllte weiterhin Semurows Plan, das Fort zu übernehmen.

„Wir haben eine Galerie entdeckt, durch die wir die Keller betreten. Diese Nazi-Schweine erwartet eine schöne Überraschung.

Für sie blieb in naher Zukunft nichts anderes übrig, als den Mann, den sie liebte, vor der Gefahr zu warnen, die über ihm und seinen Soldaten drohte.

Wie viele würden von denen übrig bleiben, die sie kennengelernt hatte?

Er hatte unauslöschliche Erinnerungen an die Jungen, die er inzwischen als Brüder betrachtete. Es war die aufregendste Seite eines Lebens voller Bitterkeit.

„Ich muss zurück ins Lager, Irina. Und ich möchte nicht, dass einer der Männer Ihres Bruders Sie sieht. Sie können sich hier verstecken, da wir die Galerie benutzen werden. Es wird sehr wenig Zeit brauchen, um das Ende zu durchbohren, das, wie uns gesagt wurde, vollständig geschlossen ist. Dann wird alles schnell vergehen und bald kehre ich zu deiner Seite zurück. Das wird die Zeit sein, Semurow endgültig zu verlassen. Wir werden an einem Ort leben, an dem dein dreckiger Bruder uns nie finden kann.

Sie nickte. Er wollte, dass diese widerliche Person so schnell wie möglich von dort wegkommt. Er konnte nicht das geringste Mitleid für Kupriew empfinden, so sehr er sich auch anstrengte, denn das Funkeln der Sehnsucht in seinen Augen drückte die einzige Art von Liebe aus, die von ihm erwartet werden konnte.

Der Russe zog seine Pistole und reichte sie der jungen Frau.

„Hier, Irina. Wenn dich jemand ärgern will ... Töte sie! Es ist besser für ihn, wenn du ihm nicht weh tust, da ich ihn in Stücke hauen würde. Jetzt ...“ seine Stimme wurde sehr heiser .“ ... gib mir einen Kuss, Schöne.

"Nitchevo" vermied die Übelkeit wie durch ein Wunder. Als sich seine Lippen endlich von ihren trennten, seufzte sie erleichtert.

Einmal allein war nicht viel Ruhe erlaubt. Er wollte so schnell wie möglich auf die andere Seite des Flusses. Aber sein ursprüngliches Projekt, das durch die Galerie gegangen war, war zusammengebrochen, als er durch Kupriew erfuhr, dass es keine direkte Verbindung mit dem Fort gab.

Ich musste über den Fluss schwimmen. Bei dieser Vorstellung schauderte er, denn er hatte gehört, wie einige Bauern, denen er begegnete, bevor er die Mündung der Galerie erreichte, von dem furchterregenden Treibsand sprachen, der die Seiten einer engen Wasserfläche ohne solche Gefahren abgrenzte.

Sie würde in der Mitte bleiben müssen und unaufhörlich gegen die tückische Strömung kämpfen, die sie in den Sand treiben würde, aus dem James auftauchen konnte.

Es war nicht die Angst, die sie beunruhigte. Zumindest die Angst, sein Leben zu verlieren. Was sie in Wirklichkeit befürchtete, war, ihre Freunde nicht rechtzeitig warnen zu können und sie vor einem Tod zu retten, der sie erneut erschauern ließ, als sie sich an die Soldaten erinnerte, die an den Bäumen von Tepluja hingen.

Mit einer wunderbaren Entscheidung steckte sie die Pistole in ein Taschentuch, das sie trug, und band es sich dann fest um den Kopf. Dann begann er ohne weiteres Zögern auf den Bereich vor dem Fort zuzugehen.

Es war schon dunkel, als er ins Wasser ging. Zuvor betete sie zu Gott, dass die Deutschen sie nicht für eine Feindin halten und mitten im Fluss töten würden. Aber außerdem vertraute sie darauf, dass sie sie mit den Zwillingen beobachten würden, bevor sie gegen sie zogen.

Das Wasser war fast eiskalt und Irina brauchte lange um zu reagieren, schwamm energisch und ohne wie ein Fadenkreuz das graue "Gletscher" von Lotzzys Festung aufzuhängen.

Etwa eine Stunde lang kämpfte er tapfer gegen die mächtige Strömung, die seinen Körper unaufhörlich in Richtung Treibsand zog. Schließlich, und als er glaubte, bald der Müdigkeit nachzugeben, gelang es ihm, einige Wassergräser zu fassen, die aus dem unteren Teil des steinigen Abhangs sprossen.

"Hoch!

Er hörte die Stimme, als die ersten Projektile gefährlich um ihn herum zischten wie wütende Bienen.

Halb tot vor Angst, unternahm sie eine große Anstrengung, schöpfte Kraft aus Schwäche und schrie, bis sie heiser wurde.

„Ich bin" Nitschewo „...! Ich bin "Nitschevo" ...! Rufen Sie Kapitän Trauber an ...!

***

Leutnant Lukas stolperte die Treppe hinunter, die zum Zimmer des Kapitäns führte. Zweimal hintereinander wäre er fast gestürzt. Aber in seiner Blindheit hatte er bereits begonnen, wie alle Männer der Kompanie, mit ausgebreiteten Armen an Orten zu marschieren, die sie bereits im Detail kannten.

"Kapitän Trauber ...! Kapitän Trauber!

Karl, der schon das Feuer der Gewehre gehört hatte, stürzte aus seinem kleinen Zimmer. Der Moment des Kampfes schien gekommen, und er und Trauber ballten die Fäuste in der Hoffnung, dass er, wenn der Tod ihn erreichte, wenigstens mit den Händen im Nacken des verhassten Feindes sterben konnte.

„Kapitän Trauber!

Karls Stimme nahm einen rauen Ton an. Es ärgerte ihn, dass Männer und sogar Offiziere, da sie durch Blindheit verwundet worden waren, zu schwachen, faulen Wesen wurden, verglichen mit den harten Soldaten, die sie einmal waren.

„Ich habe die Schüsse schon gehört, Lieutenant!

Aber der andere, den harschen Ton des Kapitäns ignorierend, trat an seine Seite und fand ihn am Ende seiner zitternden Hände, und schnitt ihn mit unwiderstehlicher Kraft ab.

„Aber", protestierte Karl. Was zum Teufel ist mit ihm los, Lukas?

„Miss" Nitchevo „ist angekommen, mein Kapitän! Sie war es, die die Männer auf den Brüstungen alarmierte. Sie heben es jetzt!

Trauber spürte, wie sein Herz in ungewöhnlicher Wut zu schlagen begann, als eine feurige Röte seine Wangen brannte. Hand in Hand mit dem Offizier stieg er so schnell er konnte die Treppe hinauf, oben angekommen, machten ihn die angeregten Gespräche der Soldaten noch aufgeregter.

Plötzlich ertönte ein Schrei an seiner Seite, dann, ohne zu wissen wie, die Arme des Mädchens ihn umschlossen, gleichzeitig spürte er wieder diese Lippen, die sich ängstlich an seine klammerten.

„Karl Schatz!

Irinas Tränen verbrannten ihr Gesicht.

„Aber ... wie bist du hierher gekommen, Mädchen?

Nachdem sie ihn die Treppe hinauf und in sein Zimmer geführt hatte, erklärte sie ihm alles ausführlich. Die Augen des Mädchens trennten sich nicht von denen des Mannes, den sie liebte, während die

Worte von ihren engen Lippen kamen, damit er die Tränen nicht bemerkte, die weiterhin ihr Gesicht ritzten.

Karl war blind! ... Sie waren alle blind!

Er war nie dazu gekommen, seinen Bruder zu hassen, nicht, als er seinen Vater niederträchtig ermordete, wie in diesen Momenten. Eine unkontrollierbare Wut erfasste sie mit einer Kraft, die sie völlig beherrschte.

„Wir müssen uns beeilen, Karl! Diese Banditen müssen die Galerie passieren und werden bald durchbrechen, um Sie zu überraschen.

Mit einer Zärtlichkeit, die sicherlich die Heftigkeit seiner Liebe ausdrückte, streichelte er das Haar seines "Nitchevo". Aber in Karls Gehirn kamen Ideen zu einem Plan zusammen, der die finsteren Absichten seines Feindes für immer zunichte machen würde.

Der Kapitän zwang Irina zu einer wohlverdienten Pause, nachdem er ihre durchnässte Kleidung gegen die eines deutschen Soldaten getauscht hatte, und rief seine Offiziere zu sich und informierte sie über das Manöver, das sie ausführen mussten.

In der Festung herrschte eine neue Atmosphäre. Die Ankunft von "Nitchevo" war für Traubers Männer wie eine gigantische Spritze von Optimismus gewesen. Als die kostbaren Informationen, die die junge Frau mitgebracht hatte, im Detail bekannt waren, wurde die physische Schwärze der Blindheit von einem Strahl leuchtender Hoffnung gekreuzt, der die Stimmung aller kraftvoll hob.

Sie arbeiteten hart und gönnten sich nicht die geringste Ruhe, während der Lärm von Semurows Männern, die in die Keller eindrangen, an ihre Ohren drang.

***

„Was ist los, Kupriew?

Sie marschierten durch die Galerie, hell erleuchtet von den Laternen der vorrückenden Soldaten, die Waffen schussbereit.

Kupriew wandte sein Gesicht seinem Chef zu, der neben ihm ging.

„Was haben Sie gesagt, Genosse Semurow?

Igor stieß ein kurzes, schneidendes Lachen aus.

„Du bist definitiv überglücklich, alter Freund! Aber was Sie nicht wissen, ist, dass Ihr Chef Igor in den Augen seiner Männer wie in einem offenen Buch liest "dann mit eindringlicher Stimme, die keine Antwort zulässt": Sie werden mir sofort sagen, was stimmt nicht mit dir, Kupriew. Verstanden?

Der Russe überlegte auf Hochtouren, was er tun sollte. Wenn er Igor anlog, war es mehr als möglich, dass Igor die Täuschung erkannte und die Dinge genau dort schlimm enden würden. Das Beste wäre, die Wahrheit zu sagen. Nach oder während des Kampfes bietet sich möglicherweise eine gute Gelegenheit, Ihren Boss zu eliminieren, ohne den Verdacht anderer zu erregen. In einer solchen Situation wäre er derjenige, der Igor ersetzen würde.

„Ich habe Irina gefunden", sagte er, ohne es zu wagen, dem anderen ins Gesicht zu sehen.

Semurows linke Hand schloss sich mit solcher Kraft um seinen Arm, dass Kupriew befürchtete, er könnte ihn brechen.

„Irina? Du lügst, du dreckiger Hund!

„Ich lüge nicht, Igor. Ich habe es vor kurzem neben der Galerie gefunden.

Der andere ließ seinen Arm los.

„Kannst du mir sagen, warum du sie nicht ins Camp mitgenommen hast? "Und nach einer kurzen Pause" Wie du sie berührt hast, werde ich dich lebendig verbrennen lassen!

»Ich habe ihr kein Unrecht getan«, beeilte sich Kupriew zu sagen. Ich wollte, dass er leise mit dir spricht, bevor er sich dir vorstellt. Er hat große Angst vor dir, Semurow.

Er stieß ein weiteres seiner üblichen sardonischen Kichern aus. Dann zog er schnell die Pistole und entlud das Magazin auf Kupriew.

„Wollen Sie es für sich behalten, alter Kamerad? Ist das nicht? Sie wussten jedoch schon lange, da wir in Tepluja wohnten, dass Irina nichts für Sie war ... Ein Schmied! Der Krieg hat Sie aufgewühlt, alter Kamerad, und sehen Sie, wo Sie hergekommen sind, weil Sie nicht warten konnten. Etwas mehr Geduld und du hättest so viele schöne Frauen aus Berlin gehabt, wie du dir gewünscht hättest ... Aber ... du hattest es sehr eilig ... und warst immer so, du altes Schwein.

Am Ende der Galerie angekommen, begannen Semurows Männer schnell mit ihrer Arbeit. Nachdem sie eine große Fläche von Schutt beseitigt hatten, begannen sie, sich mit Spitzenkraft nach oben zu bahnen. Als Igor schließlich merkte, wie langsam die Arbeit voranschritt, änderte er sofort seine Taktik.

„Legen Sie eine Ladung TNT hin! Wir werden sofort durchbrechen. Dann werden wir das Fort betreten und sie wie Kaninchen töten.

Was konnten arme Blinde in der Tat tun? Sie würden den Todesstoß erhalten, ohne genau zu wissen, woher er kam. Die Schlacht, wenn man sie benennen könnte, wäre für die Männer von Semurow ein Kinderspiel.

Die Explosion öffnete ein Loch, das groß genug war, damit vier Männer gleichzeitig hindurchgehen konnten. Bevor sich der Rauch auflöste, stieß Igor mit der Pistole einen Schlachtruf aus.

„Lasst uns gehen, Leute! Jagt Nazis!

* * *

Von dem abgelegenen Hügel, auf dem Traubers Kompanie stand, betrachtete Irina Semurow, die alle gebeten hatte, sie weiterhin »Nitschewo« zu nennen, aufmerksam die finstere Silhouette von Lotzzys Festung.

Karl hatte alles für einen außergewöhnlichen Empfang für die Partisanen vorbereitet und hoffte zusammen mit der jungen Frau, dass ihre schönen Augen, die als einzige die Dunkelheit, die auf seine gefallen war, zu durchdringen vermögen, ihn vor dem Eindringen seiner Feinde warnen könnten.

Seine Hände ruhten auf dem mechanischen Schalter, dessen Kabel zum Blockhaus führte. Alles war in dieser ungeheuren und leeren Ruhe, die große Katastrophen anzukündigen scheint.

Eine kleine Explosion erreichte alle Ohren.

„Sie müssen den Kellerboden durchbohrt haben! Trauber warnte.

Dann schwieg er. Er schätzte seine Männer, deren Gesichter zum Fort gestreckt waren, begierig darauf, dass "Nitchevo" den Befehl gab, auf den alle warteten.

Nach einer Weile, in der alles geregelt war, erreichten sie die Schreie der Eindringlinge. Irina sah von ihrem Beobachtungsposten aus das Widerschein der Laternen von Igors Männern, die in das Fort eingedrungen waren.

Eines dieser Lichter könnte in den Händen seines Bruders sein. Für einen Moment stoppte ihr Herz den üblichen Rhythmus seiner Schläge, als die Qual sie überflutete. Aber fast augenblicklich brachte das Bild ihres Vaters und Karls, deren Augen in der schrecklichen Dunkelheit trübe waren, wieder Blut auf ihre Wangen.

„Schieß, Trauber!

Karl legte den Schalter um und versuchte, mit blinden Augen und nach vorn gerichtetem Gesicht etwas von dem Aufflackern der Explosion einzufangen.

Aber die einzige Person, die schielen musste, war Irina ...

Die gewaltigen Blitze erhellten die Region wie am helllichten Tag. Dann ließ die Explosion Himmel und Erde erzittern, als würden sie von einem schmerzhaften Schaudern erschüttert.

Langsam tötete die Stille die letzten Echos, die über die Erde rollten ...

An der Spitze der nach Westen ziehenden Kompanie stand Irina am Arm ihrer Geliebten. All die traurigen Erinnerungen an sein Leben waren mit der Explosion, die sie für immer zerstört zu haben schien, endgültig gelöscht.

Aus den Reihen begann der erste Takt von "Marlene" zu hören. Nach und nach wuchs der Lärm des Liedes, bis es den gesamten Umfang des Universums einnahm, das sie umgab.

Die Stimmen, klangvoll, kraftvoll und männlich, webten in der Nachtluft "die eine draußen und die, die jeder in den Augen hatte", die Legende eines grausamen Kampfes, den keine Generation jemals vergessen konnte.

Und während das Lied in ihren Brüsten erklang, wie ein Rhythmus der Hoffnung, den keine Niederlage löschen konnte, weinte "Nitchevo", der sich auf ihren Geliebten stützte, den Kopf auf seine Brust gelegt und die Phrasen der Melodie von seinen Lippen hörte, und er lachte in einer Mischung aus Glück und Illusion, sein Blick auf den unsicheren Horizont, wo die Sonne untergegangen war.

ENDE